KB188037

별 마지막 수업

**클래식 보물창고 28**

# 별 마지막 수업 –알퐁스 도데 단편선

초판 1쇄 2014년 4월 15일 | 초판 4쇄 2021년 8월 20일
**지은이** 알퐁스 도데 | **옮긴이** 이효숙
**펴낸이** 신형건 | **펴낸곳** (주)푸른책들 · **임프린트** 보물창고 | **등록** 제321-2008-00155호
**주소** 서울특별시 서초구 양재천로7길 16 푸르니빌딩 (우)06754
**전화** 02-581-0334~5 | **팩스** 02-582-0648
**이메일** prooni@prooni.com | **홈페이지** www.prooni.com
**인스타그램** @proonibook | **블로그** blog.naver.com/proonibook

ISBN 978-89-6170-371-0  04800
＊ 잘못된 책은 구입한 곳에서 바꾸어 드립니다.

이 도서의 국립중앙도서관 출판시도서목록(CIP)은 서지정보유통지원시스템 홈페이지(http://seoji.nl.go.kr)와
국가자료공동목록시스템(http://www.nl.go.kr/kolisnet)에서 이용하실 수 있습니다.
(CIP제어번호: 2014005894)

표지 그림 | 클로드 모네 作 '산책'(1875)
뒤표지 그림 | 클로드 모네 作 '베퇴유 센 강변에서'(1880)
보물창고는 (주)푸른책들의 유아, 어린이, 청소년, 문학 도서 임프린트입니다.

*Les Contes d'Alphonse Daudet*

# 별 마지막 수업

**알퐁스 도데 지음 | 이효숙 옮김**

보물창고

# 차례

∽ 1부 ∽
풍차 방앗간 편지

## 코르니으 영감의 비밀

피리 부는 노인 프랑세 마마이는 가끔씩 내 집에 와서 저녁 시간을 함께 보낸다. 얼마 전 저녁에는 포도주를 마시며 20년 전 마을에서 일어난 작은 비극을 들려주었다. 바로 내 방앗간에서 일어난 일이었다. 내 마음을 감동시킨 그 이야기를 당신들에게 말해 주려 한다.

친애하는 독자들이여, 잠시 상상해 보시라. 당신들은 지금 아주 향긋한 포도주 단지를 앞에 두고 앉아 있고 당신들에게 말하고 있는 사람이 바로 그 피리 부는 노인이라고 말이다.

선량하신 나리, 우리 고장이 늘 오늘날처럼 명성도 없고 죽은 곳은 아니었습니다. 전에는 제분업이 크게 성행해서 백 리 안에 있는 농가 사람들이 밀을 빻으러 오곤 했지요……. 마을 주위 언덕들은 온통 풍차로 뒤덮여 있었어요. 사방팔방 오로지 풍차 날개와 어린 당나귀들의 행렬밖에 보이지 않았지요. 풍차 날개들은 소나무 위로 부는 미스트랄(*프랑스의 론 강을 따라 리옹 만으로 부는 강한 북풍. 이하 *표시—옮긴이 주)에 돌고 있었고 당나귀들은 포대를 잔뜩 싣고서 길을 따라 오르내렸어요. 언덕에서 일주일 내내 채찍 소리, 포목이 바스락거리는 소리, 방앗간 조수들이 "이랴, 이랴!" 외치는 소리를 듣는 것은 즐거운 일이었어요! 일요일이면 우리는 떼를 지어서 방앗간에 가곤 했지요. 그럴 때면 방앗간 주인들은 사향 포도주를 사 주곤 했어요. 방앗간 안주인들은 레이스 숄과 금 십자가 목걸이를 하고 있어서 왕비들처럼 아름다웠지요. 나는 내 피리를 가져가곤 했고 사람들은 아주 깜깜해질 때까지 파랑돌(*프랑스 프로방스 지방의 활발한 춤곡.) 춤을 추었어요. 그 방앗간들이 우리 지방에 즐거움과 풍요로움을 가져다주었다는 것을 나리도 이제 아시겠지요?

그런데 불행하게도 파리에 사는 사람들이 증기 제분소를 세울 생각을 했어요. 타라스콩(*프로방스 지방의 작은 도시.)의 도로에다 말이죠. 새로운 건 다 좋아 뵈는 법이죠! 사람들은 밀을 증기 제분소에 보내기 시작했고 가난한 풍차 방앗간들은 일감이 떨어졌어요. 얼마 동안은 풍차 방앗간들도 싸워 보려고 했으나 증기 제분소가 더 힘이 셌어요. 풍차 방앗간들은 결국 하나씩 나가떨어졌어요! 방앗간들은 모두 문을 닫아야 했고 어린 당나귀들이 오는 것을 더 이상 보지 못하게 됐어요. 방앗간의 아름다운 안주인들은 금 십자가 목걸이를 팔았고 사향 포도주도 더 이상 없었어요! 파랑돌 춤도 더 이상 추지 않았고요! 미스트랄이 아무리 불어 봤자 풍차 날개들은 움직이지 않았지요……. 그러던 어느 날, 읍에서 그 볼품없는 풍차들을 허물자 사람들은 그 자리에 포도나무와 올리브 나무를 심었어요.

하지만 그런 몰락 가운데서도 한 풍차 방앗간만은 끈질기게 버티면서 증기 제분소에 맞서 작은 언덕 위에서 용감히 돌고 있었어요. 바로 코르니으 영감의 방앗간이었는데 지금 우리가 저녁 모임을 하고 있는 바로 이 방앗간이랍니다.

코르니으 영감은 60년 전부터 밀가루를 만들어 온 방앗간 노인이었어요. 증기 제분소들이 세워지자 그는 미친 사람처럼 변했고 자기 처지에 몹시 화가 났지요. 그는 일주일 동안 온 마을을 뛰어다니며 사람들을 불러 모아서는 증기 제분소들이 프로방스 지방을 망치려 한다고 악을 썼어요.

"거기로 가지 마시오. 그 날강도들이 빵을 만드는 데다 증기를 이용한다니깐. 증기는 악마의 발명품이라오. 하지만 나는 미스트랄과 트라몽탄(*피레네·알프스를 넘어 부는 산바람.)을 이용한다오. 그 바람들은 좋으신 하느님의 숨결이지……."

영감은 풍차 방앗간을 찬양하기 위해 숱한 미사여구를 늘어놓았어요. 하지만 아무도 영감의 말을 들으려 하지 않았지요.

그러자 노인은 격분하여 자기 방앗간에 틀어박힌 채 야생 짐승처럼 혼자 살았어요. 그는 손녀인 비베트조차 가까이 두려 하지 않았어요. 비베트는 열다섯 살 난 소녀로, 부모가 죽은 뒤로는 이 세상에 자기 할아버지밖에 없었어요. 그 불쌍한 아이는 자기 생활비를 벌어야 했어요. 그래서 농가들을 돌아다니며 수확을 돕거나 누에를 치고 올리브를 따며 품을 팔았지요. 그래도 노인은 비베트를 무척 사랑하는 것 같았어요. 비베트를 보기 위해 땡볕에 사십 리나 걸어서 그녀가 일하고 있는 농가에 가기도 했지요. 노인은 비베트를 만날 때면 몇 시간 동안 그녀를 바라보며 내내 울기만 했어요…….

사람들은 방앗간 노인이 비베트를 내보낸 건 인색한 짓이라고 생각했어요. 손녀를 이 농가 저 농가로 떠돌게 하여 목동들의 거친 행동과 고용살이의 온갖 비참함을 겪게 두는 것이 자랑할 만한 일은 아니었으니까요. 코르니으 영감처럼 명성이 높고 행색이 점잖던 사람이 보헤미안처럼 구멍 난 모자를 쓰고 누더기가 된 차림에 맨발로 거리를 쏘다니는 것에 대해서도 사람들은 아주 못마땅하게 생각했어요……. 일요일마다 그가 예배 보러 교회에 들어오는 것을 볼 때면 우리 늙은이들은 그 영감 때문에 창피했지요. 코르니으도 그것을 너무나 잘 느끼고 있었기 때문에 더 이상 집사석으로 오지 않았어요. 그 영감은 언제나 교회당 구석진 곳, 성수반 가까이에서 가난한 사람들과 함께 앉았어요.

그런데 코르니으 영감의 생활에는 석연치 않은 점이 있었어요. 마을에서는 아무도 그에게 밀을 가져가지 않은 지 오래되었는데도 풍차 날개가 여전히 힘차게 돌아가고 있었으니 말입니다. 마치 밀을 빻기라도 하듯……. 저녁이면 그 방앗간 노인을 길에서 마주치곤 했는데 그때마다 그는 커다란 밀가루 부대들을 실은 당나귀를 밀고 있었어요.

"저녁 잘 보내세요, 코르니으 영감님! 제분업은 여전히 잘되고 있나 보네요."

농민들이 이렇게 소리치면 영감은 "그럼, 일감이 끊이지 않아."라고 대꾸했지요.

사람들이 도대체 그 많은 일감이 어디서 오는 거냐고 그에게 물으면 그는 손가락을 입술에 갖다 대고는 심각하게 대답했어요.

"쉿! 이건 수출용이라네……."

그러면 사람들은 더 이상 정보를 빼낼 수가 없었어요.

그의 방앗간에 얼굴을 들이미는 일은 상상도 할 수 없었어요. 어린 비베트마저도 거기 들어가지 못했으니까요. 사람들이 그 앞을 지날 때 보면 문이 언제나 닫혀 있었고 커다란 풍차 날개들은 여전히 돌고 있었어요. 늙은 당나귀는 편평한 땅의 풀을 뜯고 있었고, 크고 야윈 고양이 한 마리가 창틀에서 햇볕을 쬐고 있다가 못된 표정으로 쳐다보곤 했어요.

그 모든 것이 알 수 없는 수수께끼 같아서 사람들은 숱하게 수군거렸지요. 각자 자기 나름대로 코르니으 영감의 비밀에 대해 떠들었지만 전반적인 소문은 그 방앗간에 밀가루 부대보다 은화 부대가 훨씬 더 많다는 것이었어요. 그리고 결국 모든 것이 드러났지요. 그 전말은 다음과 같아요.

나는 피리를 불어 젊은이들을 춤추게 하다가 어느 날 내 맏이 녀석이 어린 비베트와 사랑에 빠졌다는 것을 눈치챘어요. 화가 나지는 않았어요. 어찌 됐든 '코르니으'라는 성(姓)은 우리 집안으로서는 영광이었고 비베트의 귀여운 아기가 내 집에서 아장아장 걷는 모습을 보게 되면 무척 즐거울 테니까요. 단, 사랑에 빠진 그 애들이 함께 있을 기회를 자주 갖게 될 터이므로 나는 사고가 날까 봐 두려워서 그 일을 당장 해결하고 싶었지요. 그래서 그 문제에 대해 비베트의 할아버지에게 몇 마디 건네려고 풍차 방앗간까지 올라갔는데…… 아! 그 마귀 영감 같으니라고! 그 영감이 내게 어떻게 대했는지 봤어야 하는데! 그 영감은 문을 통 열어 주지 않았어요. 그래서 나는 열쇠 구멍을 통해 내가 온 이유들을 그럭저럭 설명했어요. 내가 말하고 있는 동안 내 머리 위에서는 그 망할 놈의 야윈 고양이가 숨을 헐떡거리고 있었지요.

노인은 내게 말을 끝낼 틈조차 주지 않고 나더러 집으로 돌아가서 피리나 불라고 아주 몰상식하게 소리쳤어요. 그리고 아들을 결혼시키는 게 정 급하다면 증기 제분소에 가서 다른 아가씨들을 찾아볼 수 있을 거라고도 했지요. 그 못된 말들을 들으면서 내 피가 얼마나 거꾸로 솟았을지 생각해 보세요. 하지만 나는 자제를 할 만큼 지혜로워서 그 미친 노인을 맷돌이나 갈게 놔두고 돌아왔어요. 그러고는 아이들에게 나의 실망을 알렸는데 그 어린 양들은 그 말을 믿지 못했어요. 그 애들은 제발 자기네 둘이서 풍차 방앗간으로 올라가 할아버지에게 말하게 해 달라고 부탁했어요……. 나는 거절할 용기가 없었지요. 으으으! 그렇게 해서 그 연인들은 풍차 방앗간으로 갔어요.

그 애들이 그 꼭대기에 갓 도착했을 때 마침 코르니으 영감은 외출을 하고 없었어요. 문은 굳게 잠겨 있었어요. 그런데 그 노인네가 외출하면서 사다리를 밖에 놔두고 간 거예요. 아이들은 그 사다리로 창문을 통해 들어가야겠다는 생각을 하게 되었지요. 그렇게 해서라도 그 말 많은 풍차 방앗간 속에 뭐가 있는지 봐야겠다고 말입니다.

참으로 기이한 일이었어요! 맷돌 방이 비어 있다니……. 포대 하나, 밀 한 톨 없었어요. 벽에도 거미줄에도 밀가루라고는 보이지 않았지요. 방앗간에서 으레 풍기는 으깨진 밀의 그 뜨겁고 좋은 냄새조차 나지 않았어요. 풍차의 구동축은 먼지로 뒤덮여 있었고 그 위에는 말라빠진 큰 고양이가 잠을 자고 있었지요.

아래쪽 방도 누추한 모습으로 방치되어 있었어요. 형편없는 침대, 누더기 몇 벌, 계단 위의 빵 한 조각 그리고 한구석에는 돌 부스러기와 하얀 흙이 흘러나오는 구멍 뚫린 포대 서너 자루가 있었어요.

그것이 바로 코르니으 영감의 비밀이었던 겁니다! 자기 풍차 방앗간의 명예를 위해 그리고 그 풍차 방앗간에서 밀가루를 만들고 있다고 믿게 하기 위해 흙 부스러기들을 싣고서 저녁마다 온 길을 돌아다녔던 거랍니다…… 불쌍한 풍차 방앗간! 불쌍한 코르니으 영감! 오래전, 증기 제분소들이 그에게서 마지막 단골까지 빼앗아 갔어요. 풍차 날개들은 여전히 돌고 있었으나 맷돌은 헛돌고 있었던 거죠.

아이들은 눈물에 흠뻑 젖어 돌아와서는 자기들이 본 것을 내게 들려주었어요. 나는 비통한 심정으로 그 이야기를 들었지요. 나는 단 일 분도 지체하지 않고 이웃들에게 달려가서 그 일에 대해 간략히 말했어요. 우리는 각자 집에 있는 모든 밀을 코르니으 영감의 풍차 방앗간에 갖다 놓기로 합의했어요. 우리는 말이 떨어지자마자 즉각 행동으로 옮겼어요. 온 마을 사람들이 길에 나섰고 우리는 밀을, 이번에는 진짜 밀을 실은 당나귀들의 행렬과 함께 그 꼭대기에 도착했어요.

풍차 방앗간은 활짝 열려 있었어요. 문 앞에는 코르니으 영감이 흙 부대 위에 앉아서 양손으로 머리를 감싸고 울고 있었지요. 그는 자기가 없는 동안 누군가 집에 들어와 자신의 처량한 비밀을 알아냈다는 사실을 막 눈치챈 거예요.

"가련한 내 신세! 이제 나는 죽을 수밖에 없구나…… 풍차 방앗간의 명예가 실추되었으니."

코르니으 영감이 말했어요. 그러더니 마치 진짜 사람에게 하듯 자신의 풍차 방앗간을 온갖 이름으로 불러 대고는 가슴이 찢어지도록 흐느껴 울었어요. 바로 그 순간 당나귀들이 편평한 마당에 도착했고 우리는 방앗간 주인들의 호시절 때처럼 아주 큰 소리로 외쳐 댔어요.

"어이, 방앗간! 어이, 코르니으 영감님!"

문 앞에 밀가루 부대들이 차곡차곡 쌓였고 훌륭한 갈색 밀알이 땅바닥에 흩어졌어요, 온 사방에……. 코르니으 영감은 눈을 휘둥그레 떴어요. 주름진 손으로 밀을 쥐고는 웃기도 하고 울기도 하면서 말했지요.

"밀이잖아……. 맙소사! 좋은 밀이야! 어디 좀 봅시다."

그러고 나서는 우리들에게 몸을 돌려 말했어요.

"당신들이 나한테 돌아오리라는 것을 알고 있었지. 그 증기 제분 업자들은 모두 도둑놈들이거든."

우리는 그 영감을 개선장군처럼 마을로 데려가려 했어요.

"아니, 아니다. 우선 내 풍차 방앗간에 먹을 걸 주어야만 해. 생각해 봐! 너무나 오랫동안 아무것도 입에 넣지 못했잖아!"

그 불쌍한 노인이 밀 포대의 배를 가르고 맷돌을 살피며 이리저리 분주히 움직이는 모습을 보면서 우리는 모두 눈물지었지요. 그러는 동안 밀알들은 으깨졌고 고운 밀가루가 천장에 흩날렸어요.

우리가 한 일도 인정해 주세요. 바로 그날부터 우리가 그 방앗간 노인에게 일감이 결코 떨어지지 않게 해 주었다는 것 말이에요. 그러던 어느 날 아침, 코르니으 영감은 죽었고 우리의 마지막 풍차 날개들은 더 이상 돌지 않았어요. 이번에는 영원히……. 코르니으 영감이 죽고 나서는 아무도 그 뒤를 잇지 않았으니까요. 뭐 어쩌겠어요, 신사 양반! 세상 모든 것에는 끝이 있기 마련이지요. 론 강의 거룻배나 구체제 고등 법원이나 커다란 꽃무늬 재킷처럼 풍차 방앗간의 시대도 지나갔다는 것을 인정해야 한다니까요.

# ∞
# 별
### −프로방스 지방의 어느 양치기 이야기

뤼브롱(*프로방스 지방에 걸쳐 있는 동부 알프스의 광대한 산악 지대.)에서 가축들을 지키던 시절, 나는 몇 주 동안 살아 있는 사람이라고는 구경도 못 한 채 목초지에서 나의 개 라브리와 양 떼를 데리고 홀로 지내곤 했다. 가끔씩 몽드뤼르 산의 은둔자가 약초를 찾기 위해 지나가거나 산악 지대 석탄 상인의 시커먼 얼굴이 보이기는 했다. 그러나 그들은 순진했고 늘 고독하게 지낸 나머지 말하는 것을 별로 좋아하지 않았으며, 산 아래 마을이나 도시에서 무슨 이야기들이 오가는지 전혀 모르는 사람들이었다. 그래서 나는 보름마다 우리 농가의 노새가 보름 치 식량을 가져오느라 방울 소리를 내며 올라올 때면, 그리고 우리 농가 꼬마 녀석의 명랑한 얼굴이나 연로한 노라드 아주머니의 적갈색 두건이 서서히 나타나는 게 보일 때면 정말로 행복했다. 나는 그들에게 산 아래에 있는 고장의 소식들을 전해 달라고 했다. 세례, 결혼 등등……. 내가 특히 관심을 갖고 있던 것은 주인 부부의 딸이 어떻게 지내는지에 관한 소식이었다. 백 리 안에서 가장 예쁜 우리 스테파네트 아가씨 말이다. 너무 관심 있는 티를 내지 않으면서도 나는 스테파네트 아가씨가 축제나 저녁 모임에 자주 가는지, 그녀의 환심을 사려는 청년들이 여전히 드나드는지 묻곤 했다. 나처럼 가난한 산속의 양치기에게 그런 일들이 무슨 소용이냐고 묻는 사람이 있다면 나는 이렇게 대답하련다. 그때 나는 스무 살이었고 스테파네트 아가씨는 그동안 내가 만난 여인 중에서 가장 아름다웠다고 말이다.

내가 보름 치 식량을 기다리고 있던 어느 일요일, 식량이 아주 늦게 도착하는 일이 생겼다. 오전에는 '대미사 때문인가 보다.'라고 생각했다. 그런데 정오쯤 되자 폭풍이 격렬하게 몰아쳤다. 그래서 나는 길이 엉망이 되어 노새가 길을 나서지 못했을 거라고 생각했다. 세 시간 동안 하늘이 깨끗이 씻기더니 물과 햇살에 반짝이는 산이 마침내 드러났다. 나뭇잎 위로 빗물이 방울져 떨어지는 소리, 불어난 시냇물이 넘치는 소리 사이로 노새의 방울 소리가 들려왔다. 부활절에 들을 수 있는 교회의 큰 종소리만큼이나 명랑하고 날카로운 소리였다. 그런데 노새를 이끌고 온 사람은 농가의 꼬마 녀석도 아니고 연로한 노라드 아주머니도 아니었다. 그 사람은…… 누군지 맞춰 보라! 글쎄, 우리 스테파네트 아가씨였다! 아가씨는 버들가지 광주리 사이에 꼿꼿이 앉아 있었다. 아가씨의 얼굴은 차가운 산 공기 때문에 붉게 물들어 있었다.

꼬마 녀석은 몸이 아프고 노라드 아주머니는 자식들 집에서 휴가를 보내고 있다고 했다. 아름다운 스테파네트 아가씨가 노새에서 내리면서 그 모든 소식을 내게 알려 주었다. 그리고 자기가 늦게 도착한 것은 길을 잃었기 때문이라는 얘기도 했다. 하지만 꽃무늬 리본이며 번쩍거리는 치마와 레이스로 잘 차려입은 모습을 보니 수풀 속에서 길을 헤맸다기보다는 어느 무도회에서 꾸물거리다 온 것처럼 보였다. 오, 귀여운 아가씨! 아무리 아가씨를 바라보아도 싫증이 나지 않았다. 나는 그녀를 그렇게 가까이에서 본 적이 없었다. 겨울에 가축 떼를 몰고 평원으로 내려가 주인댁에서 저녁 식사를 할 때면 그녀가 부엌 앞을 지나가는 것을 볼 수 있었다. 언제나 잘 차려입고는 하인들에게는 거의 말을 걸지 않은 채 도도하게…… 그런데 바로 내 앞에 그녀가 있다니, 오로지 나만을 위해…… 내가 정신을 못 차릴 만하지 않은가?

스테파네트 아가씨는 광주리에서 식량을 꺼내며 자기 주변을 신기한 듯 바라보았다. 아가씨는 더러워지기 쉬운 아름다운 주일용 치마를 조금 걷어 올리더니 울타리를 넘어와서 내가 잠을 자는 자리, 양가죽을 덮은 밀짚 구유, 벽에 걸린 내 망토와 지팡이, 돌총을 구경했다. 스테파네트 아가씨는 그 모든 것들을 재미있어 했다.

"그러니까 여기가 네가 사는 곳이구나, 불쌍한 양치기야? 늘 혼자 있으니 얼마나 심심할까! 무엇을 하며 지내니? 무슨 생각을 하니?"

나는 "당신이요, 주인 아가씨."라고 말하고 싶었다. 그렇게 말한다 해도 거짓은 아니다. 하지만 나는 너무 긴장한 나머지 한마디도 할 수가 없었다. 아가씨는 그런 나를 눈치챘는지 일부러 짓궂은 농담을 던지며 즐거워했다.

"양치기야, 네 애인이 가끔씩 너를 보러 올라오니? 물론 황금 염소, 아니면 산꼭대기에서만 달리는 에스테렐 요정일 거야……."

그렇게 말할 때 스테파네트 아가씨는 고개를 뒤로 젖히면서 예쁘게 웃었다. 유령처럼 얼른 떠나 버리려고 서두르는 모습 때문에 바로 아가씨가 에스테렐 요정처럼 보였다.

"안녕, 양치기야."

"안녕히 가세요, 주인 아가씨."

그녀는 빈 광주리들을 가지고 출발했다. 그녀가 비탈진 오솔길에서 사라졌을 때 노새의 발굽 아래서 굴러다니던 조약돌들이 하나씩 하나씩 내 가슴 위로 떨어지는 것만 같았다. 나는 그 소리를 아주 오랫동안 들었다. 그러고는 날이 저물 때까지 마치 조는 사람처럼 그대로 있었다. 내 꿈이 달아나 버릴까 봐 두려워서 차마 움직이지도 못 한 채…….

저녁 무렵, 깊은 계곡들이 파란빛을 띠기 시작하고 양들이 목장으로 돌아오기 위해 음매음매 하면서 서로 몸을 밀착시킬 때 내리막길에서 누군가 나를 부르는 소리가 들리더니 우리 아가씨가 나타났다. 조금 전처럼 웃고 있는 게 아니라 추위와 무서움과 축축함 때문에 떨고 있었다. 소나기로 불어난 소르그 강을 건너려다 물에 빠질 뻔한 모양이었다. 끔찍한 일은 한밤중이 된 이상 농가로 돌아갈 생각을 해서는 안 된다는 것이었다. 우리 아가씨 혼자서는 결코 지름길을 찾지 못할 것이며 나는 양 떼를 떠날 수 없었기 때문이다. 아가씨는 산에서 밤을 보내야 한다는 생각에 많이 괴로워했다. 특히 가족들의 염려 때문이었다. 나는 최선을 다해 아가씨를 안심시켰다.

"7월은 밤이 짧아요, 아가씨……. 나쁜 순간을 잠깐만 보내면 돼요."

나는 얼른 불을 크게 피워서 아가씨가 발과 소르그 강물에 완전히 젖은 원피스를 말리게 했다. 그리고 나서 우유와 크림치즈를 아가씨 앞에 갖다 놓았다. 그러나 그 불쌍한 소녀는 몸을 덥힐 생각도 먹을 생각도 하지 않았다. 그녀의 눈에 그렁그렁 맺힌 눈물을 보니 나도 울고 싶어졌다.

그러는 동안 깜깜한 밤이 되었다. 산꼭대기에는 지는 해의 뿌연 빛밖에 남아 있지 않았다. 나는 아가씨가 목장 안으로 들어가서 쉬기를 바랐다. 나는 신선한 지푸라기 위에 훌륭한 새 가죽을 깔고서 아가씨에게 잘 주무시라고 말했다. 그러고는 밖으로 나가서 문 앞에 앉았다. 내 피를 타오르게 하는 사랑의 불길에도 불구하고 나쁜 생각은 전혀 들지 않았다. 신이 나의 증인이다. 양 떼들은 호기심 어린 눈으로 아가씨를 들여다보고 있었다. 세상 어느 양보다도 소중하고 순결한 스테파네트 아가씨가 내 보호를 받으며 쉬고 있다고 생각하니 마음이 뿌듯했다. 밤하늘이 그토록 심오하고, 별들이 그토록 반짝여 보인 적은 처음이었다.

갑자기 목장의 격자 울타리가 열리더니 아름다운 스테파네트 아가씨가 나타났다. 아가씨는 잠을 이룰 수가 없었던 것이다. 가축들이 움직이다가 지푸라기 소리를 내거나 꿈을 꾸다가 음매음매 울어 댔기 때문이다. 아가씨는 불 가까이 오고 싶어 했다. 나는 아가씨 어깨에 내 양가죽을 얹어 주었다. 나는 불꽃을 살렸고 우리는 서로 가까이 앉아 아무 말 없이 그대로 있었다. 별이 총총한 야외에서 밤을 보낸 적이 있다면 모두가 잠든 그 시간에 신비로운 세계가 고독과 침묵 속에서 깨어난다는 것을 알 것이다. 샘물은 훨씬 더 맑은 소리로 노래하고 연못들은 작은 불꽃을 피운다. 산의 모든 정령들이 자유로이 오고 가며, 공기 중에는 미세한 소리들이 가볍게 스치곤 한다. 마치 나뭇가지와 풀이 자라는 소리처럼……. 낮이 살아 있는 존재들의 세상이라면, 밤은 사물들의 세상이다. 그런 것에 익숙하지 않으면 두려워진다. 그래서 우리 아가씨도 부들부들 떨더니 조금만 소리가 나도 내게 꼭 달라붙었다. 한번은 길고도 쓸쓸한 외침 소리가 저 아래에 있는 반짝이는 연못에서 들려오더니 물결처럼 일렁이며 우리 쪽으로 올라왔다. 그 순간, 아름다운 별똥별이 우리 머리 위를 지나

같은 방향으로 미끄러져 갔다. 우리가 방금 들은 그 탄식 소리가 별똥별과 함께 빛을 싣고 가는 것만 같았다.

"저게 뭐야?"

스테파네트 아가씨가 낮은 목소리로 물었다.

"낙원으로 들어가는 영혼이에요, 아가씨."

그렇게 말하고 나서 나는 십자 성호를 그었다. 스테파네트 아가씨도 성호를 긋고는 깊은 생각에 잠겼다. 그러고 나서 말했다.

"너희 양치기들은 마법사라던데, 정말이니?"

"그렇지 않아요, 아가씨. 하지만 우리는 여기서 별들과 더 가까이 지내니까 별들에서 일어나는 일을 산 아래 사는 사람들보다 더 잘 알고 있긴 하죠."

아가씨는 여전히 하늘을 쳐다보고 있었다. 손으로 턱을 괴고 하늘의 목동처럼 양가죽을 두르고서 말이다.

"별들이 참 많기도 하다! 정말 아름다워! 이렇게 많은 별을 본 적이 없는데……. 저 별들의 이름을 아니, 양치기야?"

"그럼요, 아가씨. 자, 보세요! 우리 바로 위에 있는 별들은 '성 야곱의 길(*은하수.)'이랍니다. 프랑스에서 곧장 스페인까지 걸쳐 있죠. 용감한 샤를마뉴(*카롤링거 왕조의 제2대 프랑크 국왕.)가 사라센 족에 맞서 싸울 때 그에게 길을 보여 주기 위해 갈리시아의 성 야곱이 저 별자리를 그려 주었지요. 더 멀리에는 '영혼들의 수레(*큰곰자리.)'가 네 개의 번쩍이는 바퀴들과 함께 떠

있어요. 그 앞에 있는 별 세 개는 '세 마리 짐승'이고요. 세 번째 별과 마주하고 있는 아주 작은 별은 '짐수레꾼'이랍니다. 떨어지고 있는 저 별똥별 주위가 보이시나요? 선하신 하느님이 곁에 두고 싶어 하지 않는 영혼들이랍니다. 좀 더 아래에는 '갈퀴' 또는 '삼왕성(*오리온자리.)'이라 불리는 별자리가 있어요. 우리 같은 양치기들에게는 시계로 이용되죠. 저 별들을 보아하니 이제 자정이 지난 것 같네요.

남쪽으로 좀 더 아래에는 천체의 횃불인 '밀라노의 요한(*시리우스.)'이 반짝이고 있어요. 저 별에 대해 양치기들이 하는 얘기가 있죠. 어느 날 밀라노의 요한이 삼왕성, 북두칠성과 함께 친구들의 별에서 열리는 결혼식에 초대되었답니다. 북두칠성은 일찍 출발해서 위쪽 길로 갔다고 해요. 저기 보세요. 저 위, 하늘의 맨 끝에 있는 별을 보세요. 삼왕성은 더 아래쪽으로 가로질러 가서 그 별을 따라잡았죠. 게으른 밀라노의 요한은 너무 늦게까지 잠을 자서 뒤처져 있었어요. 그래서 노발대발하며 그들을 멈추게 하려고 자기 지팡이를 던졌어요. 바로 그 때문에 삼왕성은 '시리우스의 지팡이'라고도 불리죠. 하지만 아가씨, 모든 별들 중에서 가장 아름다운 별은 우리 별, '양치기의 별'이랍니다. 양 떼를 내보내는 새벽과 양 떼를 데리고 돌아오는 저녁에 우리를 비춰 주는 별이죠. 우리는 그 별을 아직도 '마글론'이라고 불러요. '프로방스의 피에르(*토성.)'를 뒤쫓아 다니고 7년마다 그와 결혼하는 아름다운 마글론 말이에요."

"어쩜! 양치기야, 별들의 결혼식이라는 것도 있니?"

"그럼요, 아가씨."

그러고 나서 내가 그 결혼식이 어떤 것인지 설명하려는데 서늘하고 여린 뭔가가 내 어깨를 가볍게 누르는 느낌이 났다. 바로 졸음으로 무거워진 스테파네트 아가씨의 머리였다. 예쁘게 구겨진 레이스 리본과 구불거리는 머리카락을 하고 내게 기대어 있었다. 그녀는 움직임 없이 계속 그렇게 있었다. 동이 터서 하늘의 별들이 창백해지다가 사라질 때까지……. 나는 잠든 그녀를 바라보고 있었다. 내 존재의 깊숙한 곳에서 약간의 혼란이 일어났지만, 오로지 아름다운 생각만 떠오르게 한 그 청명한 밤이 나를 성스럽게 보호해 주고 있었다. 우리 주위에서는 별들이 수많은 양 떼처럼 조용하고 유순하게 계속 행진하고 있었다. 나는 그 별들 중에서 가장 섬세하고 가장 빛나는 별 하나가 길을 잃고 내 어깨에 내려앉아 잠들었다고 생각했다.

## 아를르의 여인

    내 풍차 방앗간에서 마을로 내려가다 보면, 팽나무들이 심긴 큰 마당 깊숙한 곳에 길 가까이 지어진 농가가 하나 있었다. 기와는 붉은색이고 넓은 집 정면은 갈색에 불규칙하게 구멍이 뚫려 있으며, 꼭대기에는 헛간의 풍향계가 달려 있고 맷돌을 들어 올리는 도르래와 거기서 삐져나온 갈색 건초 다발이 있는 그런 집…… 그야말로 전형적인 프로방스 가정집이었다.

    그 집이 왜 나를 사로잡았을까? 닫힌 대문이 왜 내 마음을 쥐어짰을까? 이유는 알 수 없었지만 어쨌든 그 집은 나를 서늘하게 만들었다. 그 주변은 너무도 고요했다. 그리로 지나갈 때면 개들도 짖지 않고 뿔닭들은 소리도 지르지 않고 도망쳤다. 집 안에서는 어떤 소리도 들리지 않았다! 아무 소리도, 심지어 노새의 방울 소리조차도 나지 않았다. 창문에 드리워진 하얀 커튼과 지붕 위로 피어오르는 연기가 없었더라면 누구라도 그곳에 사람이 살지 않는다고 믿었을 것이다.

어제 정오를 알리는 종이 울릴 때 나는 마을에서 돌아오는 중이었다. 나는 태양을 피하기 위해 팽나무 그늘 아래로 이어진 농가의 담을 따라 걸었다. 농가 앞 도로에서 하인들은 말없이 수레에 건초를 싣고 있었다. 대문은 열려 있었다. 나는 지나가면서 힐끗 눈길을 던졌다. 마당 깊숙한 곳에서 키 큰 백발의 노인이 넓은 돌 탁자에 팔꿈치를 괸 채 얼굴을 두 손에 파묻고 있었다. 그 노인은 남루한 짧은 윗옷과 바지를 입고 있었다. 나는 멈춰 섰다. 하인들 중 한 명이 내게 아주 조그만 소리로 말했다.

"쉿! 주인이에요……. 아들이 불행하게 죽은 뒤로 늘 저러고 있어요."

그 순간 한 여인과 어린 사내아이가 상복 차림으로 커다란 금박 기도서를 들고 우리 곁을 지나 농가로 들어갔다. 아까 그 하인이 덧붙였다.

"여주인과 막내가 미사를 드리고 오는 길입니다. 아이가 자살한 뒤로 저들은 매일 미사를 드리러 가죠. 아! 나리, 얼마나 침통한 일인지! 아이 아버지는 아직도 상복을 입고 있어요. 도무지 상복을 벗으려 하지 않아요. 이랴! 이랴!"

수레가 출발하려고 요동쳤다. 나는 더 알고 싶어서 그 짐마차꾼에게 옆에 올라타게 해 달라고 부탁했다. 그리하여 바로 그 위, 건초 더미 속에서 그 가슴 아픈 이야기를 전부 듣게 되었다.

그의 이름은 '얀'이었다. 나이는 스무 살에 여자애처럼 얌전하면서도 튼튼하고 밝은 얼굴을 한 훌륭한 농부였다. 얀은 아주 잘생겨서 여인들이 관심 있는 눈길로 쳐다보곤 했지만 그의 머릿속에는 오직 한 여인밖에 없었다. 아를르의 경기장에서 만났던 온몸을 벨벳과 레이스로 치장한 젊은 여인이었다.

농가 사람들은 처음에는 그들의 관계를 달가워하지 않았다. 그녀는 교태나 부리고 다니는 여자로 통했고 그녀의 부모는 이 고장 출신이 아니었다. 하지만 얀은 어떻게 해서든지 자기가 좋아하는 그 여인을 얻고자 했다. 그는 "그녀를 갖지 못하면 죽어버릴 테야."라고 말하곤 했다.

가족들은 어쩔 수 없이 수확이 끝나면 그들을 결혼시키기로 결정했다. 마침내 어느 일요일 저녁에 농가 마당에서 온 가족이 저녁 식사를 하게 되었다. 그것은 거의 결혼 잔치나 마찬가지였다. 약혼녀는 참석하지 않았지만 모두가 그녀를 축하하며 술을 마시고 있었는데, 한 남자가 문에 나타나서는 떨리는 목소리로 에스테브 영감과 얘기하고 싶다고 청했다. 그 남자는 오로지 에스테브 영감에게만 말해야 한다고 했다. 에스테브 영감이 자리에서 일어나 문가로 나갔다.

"영감님, 영감님은 자제분을 방탕한 여자에게 장가보내려 하고 계십니다. 그 여자는 2년 동안 저의 정부(情婦)였어요. 제가 증명해 드리겠습니다. 여기 편지들이 있어요! 그 여자의 부모도 다 알고 있었고 그 여자를 제게 주겠다고 약속했지요. 그런데 영감님의 아들이 그 여자와 사귀려 한 뒤로는 그 부모도 그 미녀도 저를 더 이상 원하지 않았어요……. 저와 그렇게 지내던 그녀가 다른 남자의 아내가 될 수 없다고 생각했습니다."

"알았소! 들어와서 사향 포도주 한잔 하시구려."

에스테브 영감은 편지들을 읽고 나서 이렇게 말했다.

"감사합니다만, 저는 갈증보다 슬픔이 더 큽니다."

그 남자가 대답했다. 그러고는 가 버렸다. 얀의 아버지는 아무 동요 없이 안으로 들어가서 식탁에 앉았다. 그리고 식사를 즐겁게 마쳤다.

그날 저녁, 에스테브 영감과 아들은 함께 밭으로 나갔다. 그들은 밖에서 오래 있었지만 집으로 돌아오니 어머니는 아직도 그들을 기다리고 있었다.

"여보, 저 애를 안아 주구려! 불행할 테니까……."

가장은 아들을 데려오며 아내에게 말했다.


얀은 그 아를르 여자에 대해 더 이상 말하지 않았다. 그렇지만 그는 여전히 그녀를 사랑했다. 다른 남자 품에 안겼던 여자라는 사실이 밝혀진 뒤에는 오히려 그 어느 때보다 더욱 사랑하게 되었다. 단, 자존심이 너무 강해서 아무 말도 하지 않았을 뿐이다. 그래서 그는 죽을 지경이 되었다. 불쌍한 녀석 같으니라고! 때때로 그는 하루 종일 구석에 처박혀 움직이지 않곤 했다. 또 어떤 날에는 미친 듯이 밭일을 하여 혼자서 열흘 치의 일을 해치

우기도 했다. 저녁이 되면 아를르로 가는 길에서 석양빛을 받으며 그 도시의 호리호리한 종탑들이 보일 때까지 걷기도 했다. 그 이상 멀리 가는 일은 결코 없었다.

그렇게 늘 슬프고 외로운 그를 보면서 농가 사람들은 어찌할 바를 몰랐다. 그들은 불행한 일이 생길까 봐 두려웠다. 한번은 식사 중에 그의 어머니가 눈물이 그렁그렁한 눈으로 그를 바라보며 말했다.

"자, 들어 보렴. 얀, 네가 그렇게 그녀를 원한다면 우리가 그녀를 너한테 데려다 줄게……."

아버지는 수치심에 얼굴을 붉히며 고개를 숙였다. 얀은 아니라고 하고는 나가 버렸다.

그날부터 얀은 생활 방식을 바꿔서 언제나 즐거운 척 가장했다. 부모님을 안심시키기 위해서였다. 그는 무도회와 술집에도 가고 가축에 낙인을 찍는 축제에도 모습을 드러냈다. 퐁비에이으 수호성인 축일 때에는 파랑돌 춤 행렬을 이끌기도 했다.

그의 아버지는 "그 아이는 이제 다 나았어."라고 말했다. 하지만 어머니만은 여전히 불안해하면서 아들을 그 어느 때보다 유심히 지켜보았다. 얀은 양잠실(養蠶室)과 아주 가까운 방에서 동생과 함께 잤고 불쌍한 어머니는 아이들 방 곁에다 자신의 침대를 갖다 놓았다. 누에들이 밤에 자기를 필요로 할 수도 있다면서……

지주들의 수호성인 성 엘루아 축일이 왔다. 농가에는 즐거움이 넘쳐흘렀다. 샤토뇌프 포도주가 모두에게 제공되었고 식전 포도주는 비 오듯 넘쳤다. 마당에서는 폭죽이 터지고 불꽃놀이가 열렸으며, 팽나무에는 색색의 초롱이 가득 걸려 있었다. 성엘루아 만세! 모두들 죽도록 파랑돌 춤을 추었다. 그 바람에 얀의 동생은 새 셔츠를 태워 먹었다. 얀도 기분이 좋아 보였다. 그가 어머니에게 춤을 청하자 그 불쌍한 여인은 행복해서 눈물을 흘리고 말았다.

자정이 되자 모두 잠자리에 들었다. 다들 잠이 필요했던 것이다. 그러나 얀은 자지 않았다. 나중에 얀의 동생은 그가 밤새도록 흐느껴 울었다고 전했다. 아! 얀이 아주 괴로워하며 지냈다고 나는 말하련다…….


다음 날 새벽, 어머니는 누군가 방을 가로질러 뛰어가는 소리를 들었다. 어머니는 불길한 예감이 들었다.

"얀, 너니?"

얀은 대답하지 않았다. 그는 이미 계단에 가 있었다. 어머니가 서둘러 일어났다.

"얀, 너 어디 가니?"

얀은 지붕 밑 곳간으로 올라갔다.

"아들아, 제발!"

얀은 문을 닫고 빗장을 질렀다.

"얀, 우리 아가, 대답하렴. 너 뭘 하려는 거니?"

어머니는 떨리는 노쇠한 손으로 더듬거리며 걸쇠를 찾았다. 창문 하나가 열리더니 마당의 포석 위로 사람이 떨어지는 소리가 들렸다. 그뿐이었다⋯⋯.

떨어지기 전, 그 불쌍한 아이는 중얼거렸다.

"그녀를 너무 사랑해⋯⋯ 난 이제 가 버릴래⋯⋯."

아! 너무나 참담하다! 경멸로도 사랑을 죽일 수 없다니 어쨌든 좀 심한 일이다!

그날 아침, 마을 사람들은 밤새 누가 그토록 울부짖었는지 궁금해했다. 에스테브 영감네 농가 쪽에서 말이다.

그것은 그 집 마당에서 이슬과 피로 덮인 돌판 앞에 실오라기 하나 걸치지 않은 어머니가 죽은 아들을 품에 안고 탄식하는 소리였다.

# 노인들

"아장 영감님, 편지라고요?"

"네……. 파리에서 온 거네요."

순박한 아장 영감은 그 편지가 파리에서 왔다는 사실이 아주 자랑스러웠나 보다. 하지만 나는 그렇지 않았다. 이른 아침, 장-자크 가(街)에서 느닷없이 내 책상 위로 떨어진 그 파리 편지는 나의 하루를 앗아 갈지도 몰랐다. 내 예상은 틀리지 않았다. 편지 내용을 보시라.

나를 꼭 도와줘야 해, 친구. 네 방앗간을 하루만 닫고 당장 에기에르(*프로방스 지방의 작은 도시.)로 가 줘. 에기에르는 너희 집에서 삼십 리쯤 떨어진 큰 마을이야. 산보를 하는 거라고 생각해. 거기 도착하면 고아 소녀들이 있는 수녀원이 어디인지 물어봐. 그 수녀원

34

바로 뒤편에는 회색 덧창들이 있고 뒤뜰에 작은 정원이 딸린 나지막한 집이 있어.

너는 문을 두드릴 필요도 없이 그 집으로 들어가면 돼. 문은 언제나 열려 있거든. 그리고 들어가면서 아주 크게 "안녕하세요, 여러분! 저는 모리스의 친구입니다."라고 소리쳐. 그러면 작은 노인 두 명이 나타날 거야. 아! 그래, 노인이고말고. 아주 나이 든 노인들이지. 그 노인들이 커다란 안락의자에 깊숙이 앉아서 네게 팔을 벌릴 거야. 그러면 너는 나 대신 애정을 담아 그분들을 포옹해 드려. 마치 너의 할머니 할아버지인 양 말이야. 그러고 나서는 얘기를 나눠. 그 노인들은 너에게 내 얘기를 할 거야. 오로지 나에 관해서만…… . 그 노인들이 터무니없는 얘기들을 숱하게 할 텐데 너는 웃지 말고 들어야 해. 웃어서는 안 돼, 알았지?

그분들은 내 조부모님이야. 평생토록 내가 속해 있는 존재지만 나를 못 보신 지 10년이 된 분들이지. 10년이라, 긴 시간이야! 하지만 어쩌겠니? 나는 파리에 붙들려 있고 그분들은 너무 연로하셔서 나를 보러 오셨다가는 도중에 몸이 상하실 테고…… .

다행히도 네가 거기 있잖아, 내 소중한 방앗간 친구야. 그 불쌍한 분들은 너를 포옹하면서 마치 나를 포옹하는 거라고 생각하실 거야. 내가 그분들에게 네 얘기를 자주 했거든. 우리들의 끈끈한 우정을…… .


우정은 무슨 얼어 죽을 우정! 그날 아침은 날씨가 화창했으나 길을 떠나기에는 좋지 않았다. 미스트랄이 거세게 불고 햇볕이 따가운 전형적인 프로방스 날씨였다.

그 빌어먹을 편지가 도착하기 전에, 나는 두 바위 사이의 양지에 피난처를 정해 놓고 하루 종일 거기서 도마뱀처럼 햇빛을 마시며 소나무를 감상하려고 했다. 하지만 어쩌겠는가? 나는 투덜거리면서 방앗간을 닫고 환기 구멍 아래에다 열쇠를 놓았다. 그리고 지팡이와 댐뱃대를 챙겨 출발했다.

나는 에기에르에 두 시쯤 도착했다. 모든 사람들이 밭에 나가 있었으므로 마을은 황량했다. 큰길에는 먼지로 허옇게 덮인 느릅나무들 속에서 매미들이 울어 댔다. 시청 광장에는 당나귀 한 마리가 햇볕을 쬐고 있었고 교회의 분수에는 비둘기들이 날고 있었다.

그런데 고아원이 어디 있는지 내게 알려 줄 사람이 아무도 없었다. 다행히도 요정처럼 한 할머니가 갑자기 나타났다. 그 할머니는 자기 집 모퉁이에서 쭈그리고 앉아 실을 잣고 있었다. 나는 그 할머니에게 고아원이 어디에 있는지 물었다. 그 요정은 아주 막강했으므로 자신의 실타래를 들어올리기만 하면 되었다. 그러자 마법처럼 고아원이 내 앞에 나타났다. 음산하고 새카만 첨두형 정문 위에 십자가를 아주 자랑스레 내보이고 있는 큰 건물이었다. 십자가 가장자리에는 라틴어가 몇 마디 적혀 있었다.

그 옆에 있는 작은 집이 눈에 들어왔다. 회색 덧창들과 뒤뜰의 정원……. 나는 바로 그 집이라는 것을 금방 알아보고는 문을 두드리지 않고 안으로 들어갔다.

시원하고 조용한 회랑, 장미색으로 칠해진 벽, 밝은색 커튼 사이로 아른거리는 작은 정원, 색 바랜 꽃과 바이올린이 그려진 나무판자들……. 그것들을 나는 평생토록 떠올리게 될 것이다. 마치 스덴(*18세기 프랑스의 극작가.) 시대의 어느 늙은 대법관의 집에 온 것만 같았다.

복도 끝 왼쪽에 살짝 열린 문틈에서 커다란 벽시계가 똑딱거리는 소리와 아이 목소리가 들렸다. 어린 학생이 더듬더듬 글을 읽는 소리였다.

"그때……이레네……성인……이……소리쳤다……나……는 구주의……밀이다……나는……이 동물들의……이빨로……빨아 져야……한다."

나는 그 문으로 천천히 다가가서 안을 들여다보았다. 작은 방의 고요함과 어슴푸레한 빛 속에서 분홍빛 얼굴에, 손가락 끝까지 주름진 선량한 노인이 입을 벌리고 손은 무릎 위에 올려놓은 채 안락의자에 깊숙이 앉아서 잠을 자고 있었다.

그 노인의 발밑에는 파랑색 옷차림—고아들의 복장인 커다란 케이프와 끈 달린 작은 모자를 쓴 옷차림—의 어린 여자애가 자기 몸집보다 더 큰 책을 들고 이레네 성인의 생애를 읽고 있었다. 이 독서는 온 집안에 놀라운 효과를 가져왔다. 노인은 자기 안락의자에서, 파리들은 천장에서, 카나리아들은 새장에서 자고 있었다. 큼직한 벽시계도 똑딱똑딱 코를 골았다. 깨어 있는 것이라고는 닫힌 창틈으로 하얗게 떨어지는 빛의 커다란 띠뿐이었다. 그 빛은 살아 있는 불꽃들과 미세한 왈츠로 가득했다. 모두가 나른하게 졸고 있는 가운데 아이는 심각한 표정으로 계속 책을 읽고 있었다.

"즉각……사……자……두 마리가……그……에게……달려……들……어서……그를……삼켜……버렸……다."

바로 그 순간 내가 방으로 들어갔다. 이레네 성인의 사자들이 방으로 급히 돌진했다 해도 나보다 더 그들을 경악하게 만들지는 못 했을 것이다. 그야말로 굉장한 사건이었다! 그 아이는 비명을 질렀고 커다란 책은 바닥에 떨어졌으며, 카나리아와 파리들이 잠에서 깨어났다. 시계추가 소리를 냈고 노인은 완전히 질겁해서 벌떡 일어났으며, 나 역시 당황하여 매우 크게 소리치면서 입구에서 멈췄다.

"안녕하세요, 여러분! 저는 모리스의 친구입니다."

아! 당신이 그 불쌍한 노인을 봤어야 하는데…….

"세상에나! 세상에나!"

그가 내게 와서 팔을 벌려 포옹하고 방 안을 이리저리 뛰어다니며 외쳤다.

노인의 얼굴에 있는 모든 주름들이 웃고 있었다. 노인은 빨갛게 상기된 채 더듬거리며 말했다.

"아! 므슈(*상대방 남성에 대한 존경 어린 칭호.)……. 아! 므슈……."

그러고는 안쪽으로 가서 외쳤다.

"마메트!"

문 하나가 열리고 복도에서 생쥐 걸음 같은 작은 발소리가 들렸다. 마메트였다. 그녀는 옅은 갈색 원피스를 입고 머리에는 두건을 두르고 있었다. 또한 내게 옛날식으로 예를 갖추려고 수가 놓인 손수건을 쥐고 있었다. 그 작은 할머니처럼 고운 모습은 세상 어디에도 없을 것이다. 가슴 뭉클한 것은 그들 둘이 닮았다는 점이었다. 두건을 두르고 질끈 묶기만 하면 그 영감 또한 마메트로 불릴 수도 있을 것이다. 단, 진짜 마메트는 살아오는 동안 많이 울었나 보다. 영감보다 주름이 훨씬 더 많은 걸 보니…….

마메트도 영감처럼 고아원 아이를 곁에 두고 있었다. 파랑색 케이프를 두르고 있는 어린 파수꾼은 마메트 곁을 결코 떠나지 않았다. 고아들에게 보호받고 있는 노부부의 모습은 더할 수 없이 감동적이었다.

안으로 들어가자 마메트가 내게 아주 공손히 인사했다. 그러나 영감이 그 인사를 단 한마디로 잘라 버렸다.

"모리스의 친구래……."

그러자 마메트는 부들부들 떨었다. 그녀는 울다가 손수건을 떨어뜨렸고 얼굴이 붉어졌다. 아니 완전히 빨개졌다. 영감보다 훨씬 더. 이 노인네들이 참! 혈관에 피라고는 한 방울밖에 없을 텐데 조금이라도 흥분하면 그 피가 얼굴로 치솟는구나.

"얼른, 얼른, 의자……."

마메트가 아이에게 말했다.

"덧창들을 열어라."

영감은 곁에 있던 아이에게 말했다.

그리고 그 노인들은 각자 내 손을 한쪽씩 잡고서 종종걸음으로 나를 창문까지 데리고 갔다. 나를 더 잘 보기 위해 창문을 활짝 열어 놓았다. 그러고 나서 우리는 안락의자 쪽으로 갔고 나는 그들 둘 사이에 놓인 간이 의자에 앉았다. 두 아이는 우리 뒤에 있었다. 이윽고 심문이 시작되었다.

"우리 손자는 어떻게 지내나요?"

"뭘 하고 지내죠?"

"왜 오지 않는 거예요? 잘 지내요?"

재잘재잘! 그렇게 몇 시간을 보냈다. 나는 내 친구에 대해 아는 대로 자세히 알려 주고 내가 알지 못하는 것들은 뻔뻔하게 지어내기도 했다. 그의 집 창문들이 잘 닫혀 있는지 또는 그의 방 벽지가 무슨 색깔인지 결코 눈여겨보지 않았다는 말은 삼가면서 노인들의 모든 질문에 최선을 다해 대답했다.

"그의 방 벽지라! 파란색이에요, 할머니. 밝은 파랑, 꽃무늬가 있는 파란색 벽지…….

"정말로요?"

불쌍한 마메트가 마음이 애잔해져서 되묻더니 자기 남편에게로 몸을 돌리면서 덧붙였다.

"정말 훌륭한 아이야!"

"그럼, 그럼! 훌륭한 아이지!"

상대편이 열렬히 대꾸했다. 내가 말하는 내내 그 노인들은 서로 고개를 끄덕이고 킥킥 웃고 눈을 찡긋하며 잘 안다는 듯한 표정을 지었다.

노인 영감이 내게 다가와 "더 크게 말하시오. 마누라가 잘 듣지 못하거든."이라고 말했다. 그러면 마메트 쪽에서는 "좀 더 크게 말해 줘요! 영감은 그리 잘 듣지 못하거든요……."라고 말했다.

나는 목소리를 높였다. 그랬더니 두 노인이 미소로 고마움을 표시했다. 나는 그들의 여린 미소 속에서 친구 모리스의 모습을 찾아 보려고 몸을 기울였다. 그러자 노부부의 얼굴에서 저 멀리 뿌연 안개 속에 미소를 짓는 것 같은 그의 모습이 어렴풋이 드러났다. 정말이지 감동적이었다.

갑자기 영감이 안락의자에서 일어났다.

"그런데 마메트, 내 생각에 아마도 점심 식사를 하지 않은 것 같아!"

그러자 마메트는 질겁하면서 두 팔을 하늘로 올리고 말했다.

"점심을 안 먹었다니, 맙소사!"

노인들이 아직도 모리스 얘기를 하는 거라고 생각한 나는 그

착한 아이가 열두 시 넘어서 점심 식사를 하는 일은 결코 없다고 대답하려 했다. 그런데 그게 아니었다. 그 노인들은 내 얘기를 하는 거였다. 내가 아직 아무것도 먹지 못했다고 털어놓았을 때 얼마나 야단법석이었는지 당신들이 봤어야 하는데.

"어서 식탁을 준비하렴, 얘들아! 방 한가운데에 있는 식탁, 일요일에 쓰는 식탁보, 꽃무늬 접시들…… 그렇게 웃고 있지만 말고 어서 서두르자."

내가 보기에는 그 아이들도 서두르고 있었다. 접시 세 개를 깨 먹는 시간밖에 지나지 않았는데 점심 식사는 다 준비되었다!

"맛있게 들어요!"

마메트가 나를 식탁으로 데리고 가면서 말했다.

"하지만 혼자서 먹어야 할 거예요. 우리는 오늘 아침에 이미 먹었거든요."

불쌍한 노인들! 몇 시에 식사를 했든 그들은 언제나 아침에 먹었다고 한다.

마메트가 맛있게 먹으라며 차려 준 그 점심 식사는 약간의 우유와 대추야자 열매와 에쇼데 과자 같은 비스킷 하나였다. 그거면 마메트와 카나리아들이 최소한 일주일은 먹을 수 있는 양이었다. 그런데 나 혼자서 그 모든 식량을 끝장내다니! 식탁 주위에서 분개의 소리가 일었다! 파란색 케이프 차림의 아이들이 서로 팔꿈치를 치면서 속삭였고 저쪽 새장 안에서는 카나리아들이

"오! 저 신사가 비스킷을 몽땅 먹어 치우다니!"라고 말하는 것 같았다.

나는 실제로 그것을 다 먹어 버렸고 그런 사실을 거의 의식하지도 못 했다. 예스러운 분위기가 감도는 밝고 평화로운 방에서 구석구석을 둘러보느라 정신이 팔려 있었기 때문이다. 특히 작은 침대 두 개에서 눈을 뗄 수가 없었다. 나는 요람과도 같은 그 침대들이 이른 새벽 술 장식이 달린 커다란 커튼 뒤에 숨겨져 있을 때를 상상해 보았다.

시계가 세 시를 알린다. 모든 노인들이 잠을 깨는 시간이다.

"자고 있소, 마메트?"

"아뇨, 여보."

"모리스는 참 훌륭한 녀석 아니우?"

"오, 그럼요. 훌륭한 아이죠."

나는 이런 식의 온갖 한담을 상상해 보았다. 단지 서로 마주하고 있는 오래된 작은 침대 두 개를 본 것 때문에……

그러는 동안 그 방 반대쪽 끝에 있는 장롱 앞에서는 끔찍한 드라마가 펼쳐지고 있었다. 노인이 꼭대기 선반에 있는 체리 증류주 병에 손을 뻗고 있었다. 10년 전부터 모리스를 기다리고 있던 그 병은 이제 나를 위해 열리려 하고 있었다.

마메트의 애원에도 불구하고 영감은 직접 그 병을 찾으러 가고 싶어 했다. 그래서 아내가 몹시 두려워하는 가운데 의자 위에 올라서서 그 높은 곳으로 손을 뻗으려 애쓰고 있었다. 여기서 벌어지는 장면이 상상이 되는가? 부들부들 떨면서 몸을 추켜올리고 있는 노인, 의자에 달라붙어 있는 아이들, 그 뒤에서 헐떡이고 있는 마메트, 높이 뻗은 팔들 그리고 그 무엇보다 열린 장롱과 잔뜩 쌓여 있는 갈색 천 더미들에서 살짝 풍겨 나오는 베르가모트 향…… 정말이지 매력적이었다.

영감은 한참 애를 쓰고 나서야 드디어 문제의 그 병을 장롱 위에서 끌어 내리는 데 성공했고, 완전히 찌그러진 낡은 은잔도 함께 꺼냈다. 모리스가 어릴 때 쓰던 잔이었다. 노인들은 나를 위해 그 잔에 체리주를 가득 담았다. 모리스가 체리를 무척 좋아했다고 했다. 체리라니! 영감은 내게 잔을 건네주면서 탐내는 듯한 표정으로 내 귀에 대고 말했다.

"자네는 참 행복한 걸세, 이걸 마실 수 있으니 말이야! 바로 내 아내가 만든 걸세. 아주 맛이 좋을 거야."

애석하게도 그의 아내는 설탕 넣는 것을 잊어버린 것 같았다. 하지만 어쩌겠는가? 누구든 나이가 들면 깜빡깜빡하는걸……. 체리주는 끔찍했어요. 당신의 체리주 말입니다, 불쌍한 마메트. 그래도 나는 그것을 끝까지 다 먹어 치웠다. 눈살을 찌푸리지도 않고…….

식사가 끝나자 나는 그 집주인들과 작별하려고 일어났다. 그

들은 착한 손자에 대해 담소를 좀 더 나누기 위해 나를 붙들어
두고 싶었을 테지만 날이 저물어 가고 있었다. 게다가 내 방앗간
은 멀었으므로 어서 출발해야만 했다. 노인 영감도 나와 동시에
일어났다.

"마메트, 내 옷! 이 친구를 광장까지 데려다 주고 싶어."

노인 영감이 나를 광장까지 데려다 주기에는 날씨가 퍽 서
늘해졌다고 마메트는 마음속으로 생각했다. 그러나 아무 내색
도 하지 않았다.

노인이 마메트의 도움으로 나전 단추가 달린 표범나비 빛깔
의 멋진 옷에 팔을 꿰는 동안 내 귀에 들리는 것이라고는 그저
그 소중한 여인이 노인에게 부드럽게 말하는 소리뿐이었다.

"너무 늦게 돌아오는 건 아니지요?"

그러자 노인은 짓궂은 표정으로 대답했다.

"음, 글쎄! 모르겠구면……."

그러고 나서 그들은 웃어 대며 서로 바라보았고 아이들은 노
인들이 웃는 것을 보고는 따라 웃었다. 카나리아들도 새장에서
나름대로 웃어 댔다. 우리끼리 얘기지만, 내 생각에 체리향이
그들 모두를 조금씩 취하게 만들었던 것 같다.

밤이 되었을 때 노인과 나, 우리 둘은 밖으로 나갔다. 한 아이
가 할아버지를 다시 모시고 가려고 멀리서 우리를 쫓아왔다. 하
지만 노인은 그 아이를 보지 못했다. 그는 내 팔을 잡고 남자답
게 걷는 것을 아주 자랑스러워했다.

환하게 빛나는 마메트는 문지방에서 그 모습을 보고 있었고 우리를 쳐다보면서 예쁘게 고개를 끄덕였다. 마치 "불쌍한 사람! 그래도 아직은 걸을 수 있네."라고 하는 것 같았다.

# 산문으로 쓴 시

아침에 우리 집 문을 열었더니 하얀 서리가 넓은 양탄자처럼 우리 방앗간을 둘러싸고 깔려 있었다. 풀들은 유리처럼 반짝거리고 사각거렸다. 언덕 전체가 추워서 떨고 있었다. 하루 만에 나의 사랑하는 프로방스가 북쪽 지방처럼 변해 버렸다. 장식 술처럼 서리가 달린 소나무들과 수정 꽃다발처럼 변해 버린 활짝 핀 라벤더 사이에서 나는 독일 풍의 발라드(*중세 유럽에서 형성된 정형시의 한 갈래.) 두 편을 썼다. 그러는 동안 서리는 하얀 불꽃처럼 반짝이고 있었고, 저 위 청명한 하늘에서는 하인리히 하이네(*독일의 시인.)의 나라인 독일에서 온 황새들이 커다란 삼각형 모양으로 카마르그(*지중해 연안에 있는 자연보호 구역.)를 향해 내려오면서 "날씨가 추워…… 추워…….".라고 소리 지르고 있었다.

## I. 왕세자의 죽음

어린 왕세자가 병에 걸렸다. 그는 곧 죽을 운명이었다. 왕국의 모든 성당에서 영성체 의식이 밤낮으로 거행되었고 왕세자의 쾌유를 위해 커다란 초들이 불을 밝히고 있었다. 오래된 주택가의 거리들은 음산하고 조용했으며 종들은 더 이상 울리지 않았고 마차들은 느리게 지나다녔다. 왕궁 주변에서는 왕세자의 상태를 궁금해하는 주민들이 창살을 통해 궁을 들여다보았는데, 그 안에서는 금박 옷을 입고 뚱뚱한 배를 내민 문지기들이 거만한 표정으로 수다를 떨고 있었다.

성 전체가 흥분에 싸여 있었다. 시종들과 하인 우두머리들이 대리석 계단을 뛰면서 오르락내리락했다. 회랑에는 비단 제복을 입은 시동들과 궁인들이 잔뜩 있었는데, 한 무리가 다른 무리에게 낮은 목소리로 소식을 구하고 있었다. 넓은 계단에서는 왕비를 보필하는 귀족 부인들이 비탄에 빠져서 수가 놓인 예쁜 손수건으로 눈물을 훔치며 서로 정중히 인사를 나눴다.

오렌지 나무 정원에는 제복을 입은 의사들이 잔뜩 모여 있었다. 그들의 검정색 긴 소매가 펄럭이고 망치 모양의 가발이 박사님답게 기울어지는 모습이 창문을 통해 보였다. 어린 왕세자의 가정 교사와 승마 교관은 문 앞을 서성거리면서 의사들의 결정을 기다리고 있었다. 요리사 조수들이 인사도 없이 그들 곁을 지나갔다. 그러자 승마 교관은 이교도처럼 욕설을 해 댔고 가정 교사는 호라티우스의 시구절들을 낭송했다. 그러는 동안 마구간 옆에서는 탄식하는 듯한 말의 긴 울음소리가 들렸다. 어린 왕세자의 밤색 말이 빈 여물통 앞에서 구슬프게 울어 대고 있는 것이었다. 마부들이 여물 주는 것을 잊었기 때문이다.

그럼 왕은? 전하는 어디에 계신가? 왕은 궁궐 끝에 있는 자기 방에 혼자 틀어박혀 있었다. 지체 높으신 전하들은 남에게 우는 모습을 보이기 싫어하기 마련이다. 그러나 왕비는 달랐다. 어린 왕세자의 머리맡에 앉은 왕비는 아름다운 얼굴이 눈물로 범벅이 되어 있었다. 그녀는 상인들처럼 아주 큰 소리로 흐느껴 울었다.

레이스가 달린 작은 침대에서 어린 왕세자는 자기 몸을 뉘인 쿠션들보다 더 창백한 안색으로 눈을 감고 쉬고 있었다. 사람들은 왕세자가 자고 있다고 믿었다. 하지만 천만에! 어린 왕세자는 자지 않았다. 왕세자가 몸을 돌려서 어머니가 우는 모습을 보고는 말했다.

"어마마마, 왜 우십니까? 정말로 제가 죽게 될 거라고 믿으시는 겁니까?"

왕비는 대답하고 싶었지만 흐느끼느라 말을 하지 못했다.

"그러니까 울지 마세요, 어마마마. 마마께서는 제가 왕세자라는 것과 왕세자는 그렇게 죽을 수 없다는 것을 잊고 계십니다."

왕비가 훨씬 더 흐느끼자 어린 왕세자는 두려워지기 시작했다.

"이제 그만하세요. 죽음이 저를 붙잡으러 오는 걸 원치 않아요. 여기까지 오지 못하도록 제가 잘 막을 수 있을 거예요. 당장 아주 힘센 독일 병정 사십 명을 불러서 침대 주위에 보초를 서게 하세요! 백 개의 대포가 창문 아래서 도화선에 불을 붙인 채 밤낮으로 감시하게 하세요! 죽음이 감히 내게 접근하려 한다면 불행을 맞게 될 겁니다!"

왕세자의 비위를 맞춰 주려고 왕비가 신호를 보냈다. 커다란 대포들이 굴러가는 소리가 들렸고, 덩치 큰 독일 병정 사십 명이 미늘창을 쥐고 방 주위에 정렬했다. 잿빛 수염이 난 연로한 용병들이었다. 어린 왕세자는 그들을 보면서 손뼉을 쳤다. 그러고는 그들 중 한 명을 알아보고서 불렀다.

"로랭, 로랭!"

그 노병이 침대 쪽으로 한 걸음 나섰다.

"나는 네가 좋아, 내 오랜 친구 로랭. 너의 그 큰 검을 좀 보여 줘. 죽음이 나를 붙잡으려 하면 네가 물리쳐 줄 거야, 그렇지?"

"예, 마마."

그러고 나서 로랭은 굵은 눈물 두 방울을 흘렸고 그 눈물은 그의 구릿빛 뺨을 타고 흘러내렸다.

그 순간, 사제가 어린 왕세자에게 다가와서 십자고상(十字苦像)을 보이며 낮은 목소리로 오랫동안 말했다. 어린 왕세자는 몹시 놀란 표정으로 듣더니 갑자기 그의 말을 막았다.

"신부님, 잘 알겠어요. 그런데 제 친구 베포에게 돈을 많이 주어서 그 애가 저 대신 죽게 할 수는 없나요?"

사제는 계속해서 조그만 목소리로 말했고 어린 왕세자는 점점 더 놀라는 것 같았다. 사제가 말을 마치자 어린 왕세자는 크게 한숨을 내쉬며 대꾸했다.

"신부님이 하시는 말씀 모두가 정말 슬프네요. 하지만 한 가지가 저를 위로해 줘요. 저 위 별들의 낙원에서 다시 왕세자가 되리라는 것. 좋으신 하느님이 제 사촌이고, 제 지위 때문에 저를 소홀히 할 수 없다는 것을 저는 알아요."

그러더니 왕세자는 어머니에게 몸을 돌리며 덧붙였다.

"제 옷 중 가장 좋은 것들, 흰 담비 저고리와 벨벳 무도화를 가져오라고 하세요! 저는 천사들에게 용감한 모습을 보이고 싶어요. 그리고 왕세자 복장으로 천국에 가고 싶어요."

사제는 이번에도 어린 왕세자에게 몸을 기울여 낮은 목소리로 길게 말했다. 사제가 이야기하는 도중에 왕세자는 화를 내며 사제의 말을 중단시켰다.

"참 나, 그만하세요. 왕세자라는 것은 결국 아무 소용도 없는 거군요!"

왕세자는 이렇게 소리쳤다. 그리고는 더 이상 아무 말도 들으려 하지 않고 벽 쪽으로 몸을 돌리고 쓰라린 눈물을 흘렸다.

## II. 들판의 군수

군수가 순시 중이었다. 마부는 앞에, 하인은 뒤에 태우고서 군수의 사륜마차는 콩브오페(*요정 골짜기.)의 농촌진흥회 행사에 군수를 위엄 있게 모시고 갔다. 이날을 기념하기 위해 군수는 아름다운 자수 의상에 커다란 예식용 모자를 쓰고, 딱 달라붙는 은색 줄무늬 바지 위에 손잡이가 진주색인 예식용 검을 찼다. 무릎에는 오톨도톨한 가죽으로 된 커다란 서류 가방이 놓여 있었는데 군수는 그 가방을 서글프게 바라보았다.

군수는 그 오톨도톨한 가방을 그렇듯 서글프게 바라보다가 콩브오페의 주민들 앞에서 조금 있다 해야 할 연설을 생각했다.

"귀빈들과 친애하는 군민 여러분……."

금빛 구레나룻을 꼬면서 연이어 스무 차례나 반복해 봤지만 소용없었다.

"귀빈들과 친애하는 군민 여러분……."

그다음 말이 영 떠오르지 않았다.

그다음에 할 연설이 떠오르지 않았다. 마차 안이 너무나 더웠다! 까마득히 뻗어 있는 콩브오페의 도로가 남부 지방의 태양 아래서 먼지로 뿌옇게 흐려졌다. 대기는 타는 듯 뜨거웠고 길가의 느릅나무들은 하얀 먼지로 뒤덮였으며 숱하게 많은 매미들이 이 나무 저 나무에서 서로 화답하고 있었다. 갑자기 군수는 소스라치게 놀라며 몸을 떨었다. 저쪽 낮은 언덕 아래, 작은 떡갈나무 숲이 자기에게 신호를 보내는 것만 같았기 때문이다. 그 떡갈나무 숲은 이렇게 말하는 것 같았다.

"이쪽으로 오세요, 군수님. 연설문을 작성하기에는 내 나무들 아래가 훨씬 좋을 거예요."

군수는 매혹되어 마차에서 내렸고 수행원들에게는 자기가 떡갈나무 숲으로 연설문을 작성하러 갈 테니 기다리라고 말했다. 그 떡갈나무 숲에는 새들과 제비꽃들이 있었고 잔풀들 아래에는 샘물이 흘렀다. 군수가 아름다운 바지 차림에 오톨도톨한 가죽 서류 가방을 들고 나타나자 새들은 두려워서 노래를 멈추었고 샘물들은 감히 소리를 내지 못했으며 제비꽃들은 잔디 속으로 숨어 버렸다. 그 작은 세계의 일원들은 모두 군수를 본 적이 한 번도 없었으므로 은색 바지 차림으로 산책하는 저 잘생긴 나리가 누구냐고 조그만 목소리로 서로에게 물었다.

조그만 목소리로 나무그늘 아래서 은색 바지를 입은 저 잘생긴 나리는 누구냐고 서로에게 물었다. 그러는 동안 군수는 그 숲의 고요함과 신선함에 매료되어 옷자락을 들어 올리고 예식용 모자를 풀밭에 놓은 다음 이끼 위에 앉았다. 그러고는 무릎 위에다 오톨도톨한 가죽으로 된 커다란 서류 가방을 올려놓고는 그 가방을 열어서 관공서에서 쓰는 넓은 종이를 꺼냈다.

"예술가인가 봐!"

꾀꼬리가 말했다.

"아냐, 예술가가 아냐. 은색 바지를 입었잖아. 그보다는 왕자일 거야."

피리새가 말했다.

"예술가도 아니고 왕자도 아냐."

한 철 내내 군수네 정원에서 노래를 불렀던 늙은 나이팅게일이 말을 끊었다.

"나는 저 사람이 누군지 알아. 바로 군수야!"

"군수라네! 군수라네!"

작은 숲 전체가 속삭였다.

"완전히 대머리네!"

넓은 도가머리를 한 종달새가 지적했다.

"못된 사람이니?"

제비꽃들이 물었다.

"못된 사람이냐고? 전혀 아냐!"

늙은 나이팅게일이 대답했다.

이렇게 확실히 말해 주자 마치 군수가 거기 없기라도 한 것처럼 새들은 다시 노래 부르기 시작했고 샘물들은 다시 흘렀으며 제비꽃들은 다시 향기를 뿜어내기 시작했다. 군수는 이렇게 떠들썩한 가운데서도 태연히 농촌진흥회의 여신에게 마음속으로 애원하면서 연필을 들고는 연설조로 낭송하기 시작했다.

"귀빈들과 친애하는 군민 여러분…… 귀빈들과 친애하는 군민 여러분……."

군수는 예식 때의 목소리로 읊어 댔다. 어디선가 웃음이 터져

나와 그는 연설을 멈췄다. 그가 몸을 돌려 보았지만 커다란 청딱따구리 말고는 아무것도 보이지 않았다. 청딱따구리는 군수의 예식 모자 위에 앉아서 웃고 있었다. 군수가 어깨를 으쓱하고는 연설을 계속하려는데, 그 청딱따구리가 또 중단시키고는 멀리서 소리쳤다.

"그게 무슨 소용이야?"

"뭐라고? 무슨 소용이냐고?"

군수의 얼굴이 시뻘겋게 변했다. 그리고 그 뻔뻔한 짐승을 손짓으로 쫓아 버리고는 더욱 열렬히 다시 읊기 시작했다.

"귀빈들과 친애하는 군민 여러분…… 귀빈들과 친애하는 군민 여러분……."

군수는 더욱 열렬히 다시 읊기 시작했다. 하지만 이번에는 조그만 제비꽃들이 줄기 끝을 그가 있는 쪽으로 쭉 뻗으면서 부드럽게 말했다.

"군수님, 우리에게서 좋은 향기가 나지 않나요?"

그런가 하면 샘물은 이끼 아래서 군수에게 멋진 음악을 들려주었다. 그리고 꾀꼬리 떼는 그의 머리 위 나뭇가지에 앉아 더없이 아름다운 노래를 불러 주었다. 이렇게 작은 숲 전체가 결탁하여 그의 연설문 작성을 방해했다.

작은 숲 전체가 그의 연설문 작성을 방해했다. 군수는 향기에 도취되고 음악에 취했다. 그는 자신을 엄습하는 그 새로운 매력에 저항하려 해 보았지만 소용없었다. 그는 풀밭에 팔꿈치를 괴고서 그 아름다운 옷의 단추들을 끄르고 두세 차례 더 더듬더듬 말해 보았다.

"귀빈들과 친애하는 군민 여러분……. 귀빈들과 친애하는 군민…… 귀빈들과 친애하는……."

그러더니 그는 "군민들은 무슨, 얼어 죽을!" 하고 소리쳤다. 그러니 농촌진흥회의 여신은 얼굴을 감출 수밖에 없었다.

"얼굴을 감추어라, 오, 농촌진흥회의 여신이여!"

한 시간 뒤 군청 사람들이 군수가 염려되어 그 숲으로 들어왔을 때 그들은 끔찍해서 뒤로 물러날 수밖에 없었다. 군수가 보헤미안처럼 흐트러진 차림으로 풀밭에 엎드려 있었던 것이다. 그는 옷을 벗고 제비꽃을 우물우물 씹으면서 시를 짓고 있었다.

## 비시우의 장지갑

파리를 떠나기 전인 10월 어느 날 아침, 내가 식사를 하고 있는 동안 웬 늙은 남자가 내 집으로 다가오는 것이 보였다. 옷은 닳아 해지고 다리는 X자로 휘었고 진흙투성이였으며, 구부러진 등은 털 빠진 두루미처럼 긴 다리 위에서 오들오들 떨고 있었다. 비시우였다. 그렇다, 파리 사람들이여. 당신들의 비시우, 사납고 매력적인 비시우, 풍자 글과 만평으로 15년 전부터 당신들을 그토록 즐겁게 해 주던 과격한 익살꾼……. 아! 불행한 사람, 어찌나 비탄에 싸여 있던지! 들어오면서 늘 하던 버릇대로 얼굴을 찡그리지 않았다면 나는 그를 결코 알아보지 못했을 것이다.

그 유명한 익살꾼은 침통한 표정으로 고개를 옆으로 기울이고서 지팡이를 클라리넷 불 듯 입가에 붙이고 있었다. 그가 방 한가운데까지 와서는 내 책상으로 몸을 던지며 구슬픈 목소리로 말했다.

"불쌍한 맹인을 측은히 여겨 주시오!"

나는 그가 맹인 흉내를 너무 잘 낸다고 생각하여 웃지 않을 수 없었다. 하지만 그는 아주 냉정하게 말했다.

"내가 농담하는 줄 아나 보군. 내 눈을 보게나."

그러고는 초점을 잃은 커다랗고 하얀 두 눈동자를 내 쪽으로 돌렸다.

"나는 장님일세, 평생토록 장님이야……. 황산을 가지고 글을 쓰면 바로 이렇게 되는 거라네. 그 잘난 직업 때문에 내 눈이 화상을 입었다네. 완전히 타 버렸어, 심지까지!"

그는 속눈썹 하나 남기지 않고 검게 타 버린 눈꺼풀을 내게 보이면서 덧붙였다. 나는 너무 충격을 받아서 그에게 무슨 말을 해야 할지 몰랐다. 내 침묵이 그를 불안하게 만들었다.

"일하고 있는 건가?"

"아닐세, 비시우. 점심 식사 하고 있네. 자네도 식사할 텐가?"

그는 대답하지 않았다. 하지만 그의 콧구멍이 가볍게 흔들리는 걸 보고서 그가 내 제안을 받아들이고 싶어 죽을 지경이라는 것을 알 수 있었다. 나는 그의 손을 잡고 내 가까이에 앉혔다. 그 불쌍한 사람은 식사를 차려 주는 동안 조용히 웃으면서 킁킁거리며 냄새를 맡았다.

"전부 다 맛있을 것 같네. 나는 맛있는 걸 먹게 되겠군. 점심 식사를 못 한 지 너무 오래되었네. 아침마다 행정 부처들을 찾아다니면서 한 푼짜리 빵을 먹었지. 이제 내 유일한 직업은 행정 부처들을 돌아다니는 것이라네. 담배 가게라도 건지려고 애쓰는 거라네. 그 이상 내가 뭘 어쩌겠나? 입에 풀칠은 해야지. 난 더 이상 그림도 그릴 수 없고 글을 쓸 수도 없네. 말로 하라고? 하지만 뭘? 내 머릿속에는 더 이상 아무것도 없네. 아무것도 지어 내지 못해. 내 직업은 파리의 찌푸린 표정들을 보고 나서 그 표정들을 따라 짓는 것이었네. 이제는 더 이상 그렇게 할 방법이 없어.

그래서 담배 가게를 생각했지. 물론 대로변에서 한다는 게 아니야. 나는 그런 특혜를 받을 권리가 없네. 무용수 어머니가 있는 것도 아니고 고급 장교의 과부를 아는 것도 아니고⋯⋯. 아무렴, 아니지! 그저 아주 먼 어딘가, 시골의 작은 담배 가게를 원하는 걸세. 보주(*프랑스 북동부에 위치한 지방.) 지방 한구석이라든가. 나는 사기로 된 튼튼한 담뱃대를 갖게 될 걸세. 그리고 내 이름을 '한스' 또는 '제베데'라고 할 걸세. 에밀 에르크만과 알렉상드르 샤트리앙의 작품에서처럼 말일세. 그리고 내가 사는 시대의 책들로 담배 껍질이나 만들면서 내가 더 이상 글을 못 쓰게 된 것에 대한 위안으로 삼을 걸세. 바로 그게 내가 원하는 전부일세. 대단한 것도 아니지 않은가?

그런데 그걸 얻기가 죽을 만큼 힘들단 말이지. 그렇지만 후원이 없지는 않을 것 같네. 내가 왕년에는 아주 유명했으니까.

나는 총사령관님 댁에서, 왕자님 댁에서, 장관님들 댁에서 저녁 식사를 하곤 했지. 그 사람들은 모두 내가 자기네 저녁 모임에 와 주기를 원했어. 내가 그들을 재미있게 해 주었고 또 그들이 나를 두려워했기 때문이지. 그런데 이제는 아무도 나를 두려워하지 않네. 아, 내 눈! 내 불쌍한 눈! 그래서 그 어디서도 나를 초대하지 않네. 눈먼 얼굴이 식탁에 있다는 것은 너무 처량하지⋯⋯. 미안하지만 빵 좀 주게. 아, 날강도들! 그 하찮은 담배 가게를 나한테 비싸게 넘기려고 할 거야.

6개월 전부터 나는 청원서를 들고서 모든 부처들을 돌아다니고 있네. 아침마다 나는 사람들이 아궁이에 불을 켜고 전하의 말들이 마당의 모래 위를 한 바퀴 돌 때쯤 도착한다네. 사람들이 커다란 램프를 식탁으로 가져오고 음식들이 맛있는 냄새를 풍기기 시작하는 때 말일세. 대기실의 나무 상자들 위에서 내 모든 인생을 보내고 있다네. 문지기들이 나를 알아볼 정도라니까! 내무부의 문지기들은 '아, 저 좋은 분!'이라고 말한다네. 그러면 나는 그들의 보호를 받기 위해 말장난을 늘어놓거나 그들의 압지 한구석에다 커다란 수염을 단숨에 그려 주거나 하지. 그러면 그들은 웃어 대곤 한다네.

20년간의 그 떠들썩한 성공 후에 이 꼴이 되다니 예술가 인생의 결말이 이 모양일세! 그런데도 심부름을 하는 아이들 중에서 우리 직업에 군침을 흘리고 있는 녀석들이 프랑스에만 사만 명이나 되다니! 문학과 인쇄된 소란스러움에 굶주린 얼간이들을 우리에게 잔뜩 실어다 주기 위해 연료를 태우며 다니는 기관차가 날마다 있다니! 아, 몽상적인 시골이여! 비시우의 비참함이 너에게 교훈이 될 수 있으면 좋으련만!"

그는 그렇게 말하고 나서 접시에 코를 박고 게걸스럽게 먹기 시작했다. 그 모습을 보니 딱했다. 그는 곧잘 빵을 놓치거나 포크를 떨어뜨렸고 컵을 찾기 위해 더듬거리곤 했다. 불쌍한 사람! 아직 익숙하지 않았던 것이다.

잠시 후 그는 다시 말을 이었다.

"더 끔찍한 일이 뭔지 아나? 바로 더 이상 신문을 읽을 수가 없다는 거라네. 그것을 이해하려면 그 방면의 전문가가 되어야 할 거야. 저녁에 집으로 돌아가면서 때때로 신문 하나를 사곤 한다네. 오로지 그 축축한 종이 냄새와 신선한 새 소식의 향기를 맡기 위해서라네. 정말로 좋은 냄새지! 그런데 그 소식들을 내게 읽어 줄 사람이 아무도 없어! 내 아내가 그렇게 해 줄 수 있겠지만 그러고 싶어 하지 않네. 적절치 못한 내용들이 사회면에 있다고 주장하면서 말일세……

아! 정부였던 여인들은 일단 결혼을 하고 나면 더없이 정숙한 척한다니까. 그런 여자들은 애인이었다가 부인이 되고 나면 독실한 여인이 되어야만 한다고 굳게 믿는다네. 아주 상상을 초월할 정도지! 그런데 라 살레트(*프랑스 동남부에 위치한 작은 도시로 성소가 있는 곳.)의 물로 내 눈을 문질러 줄 생각은 안 한다니까!

그리고 그 성찬식 빵이라든지, 헌금이라든지, 교황청의 선교회라든지, 중국 아이들이라든지, 또 뭐가 있더라? 그런 자선 행위는 목까지 차오를 정도로 많이 한다니까……. 나한테 신문 읽어 주는 것도 자선 행위일 텐데 말일세. 그런데 안 읽어 줘. 그러고 싶어 하지 않는다니까. 내 딸이 우리 집에서 산다면, 그 아이라면 읽어 줄 텐데.

그런데 나는 장님이 된 이래 먹는 입을 하나 줄이려고 그 애를 노트르담데자르 학교에 넣어 버렸다네. 나에게 낙이 되는 아이가 하나 더 있네! 그 아이가 세상에 태어난 지 9년이 됐는데 그 애는 이미 온갖 질병을 다 겪었어. 그래서 침울하지. 게다가 못생겼다네! 그럴 수가 있는지 모르겠지만 나보다 더 못생겼다네. 괴물이라고나 할까. 내가 어쩌겠나? 나는 그저 짐을 만드는 일밖에 할 줄 몰랐으니……. 아, 이런. 자네에게 내 집안 이야기를 하다니, 나도 참……. 그게 자네에게 무슨 소용이냐고? 자, 내게 증류주 좀 더 주게나. 할 일을 다시 해야 하니까 말일세. 여기서 나가면 교육부로 갈 걸세. 그곳 문지기들은 즐겁게 해 주기가 쉽지 않네. 모두 다 전직 교수들이거든."

나는 그에게 증류주를 따라 주었다. 그는 조금씩 맛보기 시작했다. 감동한 표정으로……. 그런데 갑자기 무슨 변덕이 생겼는지 모르겠지만 그는 유리잔을 손에 들고 일어나서는 눈먼 살무사 같은 자기 머리를 휘휘 돌리면서 신사 특유의 상냥한 미소를 짓더니 마치 이백 명을 대접하는 연회에서 연설이라도 하는 양

날카로운 목소리로 외쳤다.

"예술에게, 문학에게, 언론에게 건배!"

그는 그렇게 십 분간 건배를 했다. 그 익살스러운 뇌에서 결코 나온 적 없는 가장 광적이고 훌륭한 즉흥 연설이었다. 〈186*년 문단의 큼지막한 이슈〉라는 제목으로 연말에 출간되는 잡지를 상상해 보라. 자칭 '문학적'이라는 우리의 모임들, 우리의 잡담, 우리의 논쟁, 잉크로 된 오물이자 대단치도 않은 지옥인 그 엉뚱한 세계의 모든 우스꽝스러움들……. 그 세계에서 우리는 서로 목을 조르고, 치고받고, 표절하고, 이익과 돈 얘기를 부르주아들보다 훨씬 더 많이 나눈다. 그렇다고 해서 다른 분야보다 더 죽을 지경으로 배가 고픈 우리의 형편이 해결되는 것도 아니다. 우리의 그 모든 비겁함, 그 모든 비참함, 복권을 샀다가 쪽박을 차고는 흥흥거리면서 연푸른 옷을 들고서 튈르리 공원으로 가 버리는 늙은 T 남작. 그다음에는 그해에 죽은 사람들, 발인 공고, 주위 사람들이 무덤 값조차 치러 주려 하지 않는 불행한 고인에게도 그리고 자살을 한 사람이나 미쳐 버린 사람에게도 언제나 똑같이 "사랑하는 고인, 불쌍한 이여!"라고 말하는 의원 나리의 추도사……. 천재적으로 얼굴을 찌푸리는 익살꾼이 그 모든 이야기를 들려주고 상세히 묘사해 주고 몸짓으로 표현해 주는 모습을 상상해 보라. 그러면 당신은 비시우의 즉흥 연설이 어땠는지 떠올려 볼 수 있을 것이다.

그는 건배가 끝나고 잔을 비우자 시간을 묻고는 가 버렸다. 비사교적인 태도로, 인사도 없이. 뒤뤼 씨의 문지기들이 그날 아침 그의 방문에 대해 어떻게 느꼈는지는 모르겠다. 하지만 그 장님이 떠난 직후만큼 그토록 슬프고 그토록 기분이 나빴던 적은 내 평생에 결코 없었다. 내 잉크병이 구역질 났고 내 펜이 끔찍했다. 어딘가 먼 곳으로 가서 뛰어다니고, 나무들을 보고, 뭔가 좋은 것을 느끼고 싶었다. 맙소사, 너무나 큰 증오심! 너무나 큰 원한! 그는 모든 것에 대해 험담하고 모든 것을 더럽히고 싶은 욕구가 너무나 컸다. 아, 비참한 인간……. 그가 자기 딸에 대해 역겨워하며 비웃던 소리가 여전히 들리는 것 같았다. 나는 격분해 방 안을 이리저리 오갔다.

그런데 그 장님이 앉았던 의자 근처에서 무엇인가 내 발밑에 채였다. 몸을 숙이니 모퉁이가 망가진 채 번쩍이는 그의 장지갑이 보였다. 그가 자신의 독주머니라고 부르며 자기 몸에서 결코 떼어 놓지 않던 장지갑이었다. 그 지갑은 우리 세계에서 지라르댕 씨의 그 유명한 상자들만큼이나 명성이 자자했다. 사람들은 그 안에 끔찍한 것들이 들어 있다고 말하곤 했다. 그 소문을 확인해 볼 기회가 내게 온 것이다. 잔뜩 부풀어 있던 그 낡은 장지갑은 떨어지면서 그만 터져 버렸다. 그 안에 있던 종이들이 카펫 위에서 굴러다녔다. 나는 그 종이들을 일일이 주워야 했다.

꽃무늬 종이에 쓰인 편지들이 한가득 있었는데 모두 다 '사랑하는 아빠'로 시작했고, '〈마리아의 아이들〉에서, 셀린 비시우'

라는 서명이 끝에 있었다. 소아 질병을 위한 오래된 처방전들도 보였다. 위막성 후두염, 경련, 성홍열, 홍역……. ─그 불쌍한 아이는 애들이 걸리는 질병이란 질병은 몽땅 겪었던 것이다!─ 마지막으로 밀봉된 큰 편지 봉투가 하나 있었는데 거기에서는 고불고불해진 노란 머리카락 두세 가닥이 나왔다. 여자애 모자 같은 데 붙어 있던 것 같았다. 봉투 겉에는 손을 떨면서 쓴 커다란 글씨, 즉 장님이 쓴 글씨로 '셀린의 머리카락, 그 아이가 거기로 들어가던 날인 5월 13일 잘랐음.'이라고 쓰여 있었다. 바로 그것들이 비시우의 장지갑에 들어 있던 것들이다.

　어이, 파리 사람들이여! 당신들도 모두 똑같다. 역겨움, 빈정거림, 사악한 웃음, 가혹한 농담들……. 그리고 이렇게 끝난다. 5월 13일에 자른 셀린의 머리카락.

# 스갱 씨의 염소

-파리에 있는 서정 시인 피에르 그랭구아르에게

너는 언제나 똑같을 거야, 불쌍한 그랭구아르!

뭐! 파리의 좋은 신문사에서 네게 시사 평론 담당 기자 자리를 제안했는데 태연히 그걸 거절했다고? 네 자신을 좀 보렴, 불쌍한 녀석아! 구멍 난 웃옷, 다 떨어진 신발, 배고프다고 외쳐 대는 그 야윈 얼굴을 보라니까. 아름다운 시에 대한 너의 열정이 너를 그렇게 만들었어! 아폴론(*그리스 신화에 등장하는 태양의 신이자 음악의 신.)의 시동들 속에서 충성스럽게 섬긴 10년이 네게 가져다준 것이 고작 그거라고……. 너는 부끄럽지도 않니? 그러니까 시사 평론 담당 기자가 되라고, 이 멍청아! 시사 평론 기자가! 그러면 너는 화려하게 큰돈을 벌게 될 테고 브레방 호텔의 레스토랑을 자기 집 드나들 듯하게 될 거고, 모자에 새 깃을 꽂고 연극 시사회에 모습을 드러낼 수 있을 거야……. 싫다고? 그러고 싶지 않다고? 끝까지 네 멋대로 자유롭게 남아 있으려 한다고⋯⋯. 그래, 그렇다면 스갱 씨의 이야기를 좀 들어 보렴. 자유롭게만 살고 싶어 하면 뭘 얻게 되는지 알 수 있을 거야.

스갱 씨는 염소들을 키우면서 행복한 적이 결코 없었어. 모두 같은 방식으로 잃어버렸으니까. 어느 화창한 날 아침에 염소들은 자기 줄을 끊고는 산으로 가 버렸고 거기서 늑대한테 잡아먹혔지. 주인의 어루만짐도, 늑대에 대한 두려움도, 그 무엇도 그들을 붙들어 놓지 못했어. 그 무엇보다 드넓은 곳과 자유를 원했던 독립적인 염소들이었던 것 같아.

선량한 스갱 씨는 자기 염소들을 도통 이해하지 못하고 그저 아연실색했어. 그래서 "이제 끝났어. 염소들은 내 집이 지루했나 봐. 나는 한 마리도 지키지 못할 거야."라고 말했지. 하지만 그는 낙담하지 않고 염소 여섯 마리를 같은 식으로 잃어버리고 난 뒤에도 또 한 마리를 샀지. 단, 이번에는 신경 써서 아주 어린 염소를 샀어. 자기 집에 더 잘 적응할 수 있도록 말이야.

아! 그랭구아르, 스갱 씨의 그 어린 염소는 참으로 예뻤어! 부드러운 눈, 하사관 같은 턱수염, 반짝이는 검은색 발굽, 줄무늬가 있는 뿔, 외투처럼 보이는 기다란 흰 털들 덕분에 너무나 예뻤지! 에스메랄다(*빅토르 위고의 소설 『파리의 노트르담』에 등장하는 집시 여인.)의 어린 염소 생각나니, 그랭구아르? 그 염소만큼이나 매력적이었어. 게다가 순하고, 어리광도 부리고, 젖 짤 때도 가만히 있고, 밥그릇에 발을 넣지도 않았지. 정말이지 사랑스러운 새끼 염소였어…….

스갱 씨는 집 뒤에 산사나무로 둘러싸인 밭을 갖고 있었어. 그는 거기다가 새끼 염소의 새로운 우리를 마련했지. 그 풀밭에서 가장 좋은 곳에 말뚝을 박고 거기에 염소를 묶어 놓았어. 신경 써서 줄도 길게 늘여 주었고 말이야. 그러고는 그 염소가 잘 지내는지 가끔씩 보러 왔지. 염소는 아주 행복해했고 아주 기꺼이 풀을 뜯어 먹어서 스갱 씨는 몹시 기뻤어.

"드디어 내 집에서 지루해하지 않을 염소를 찾았다!"

그 불쌍한 사람은 그렇게 생각했지. 그런데 스갱 씨는 잘못 생각한 거였어. 그의 염소는 지루해했거든.

어느 날 그 염소는 산을 바라보며 중얼거렸어.

"저 높은 곳은 참 좋을 거야! 목에 긁히는 이 빌어먹을 줄 없이 관목이 무성한 곳에서 깡충깡충 뛰어다니면 얼마나 신 날까? 이렇게 갇힌 풀밭에서 풀을 뜯어 먹는 것은 당나귀나 소한테나 좋은 거지. 염소들한테는 넓은 곳이 필요해!"

그 순간부터 우리 안의 풀은 맛이 없었어. 지루함이 찾아온 거야. 그러자 염소는 몸이 마르고 젖도 잘 나오지 않았어. 하루 종일 줄을 끌어당기면서 고개를 산 쪽으로 돌리고 콧구멍을 크게 벌린 채 구슬프게 "음매에." 하고 우는 그 염소를 보면 참 딱했어. 스갱 씨는 자기 염소에게 무슨 일이 일어났다는 것을 금방 알아챘지. 그러나 그 이유는 몰랐어.

어느 날 아침, 그가 염소젖 짜는 일을 마쳤을 때 염소가 몸을 돌리더니 스갱 씨에게 이렇게 말했어.

"제 말 좀 들어 보세요, 스갱 씨. 나는 당신 집에서 지내는 것이 따분해요. 나를 산으로 가게 해 주세요."

"아, 맙소사! 이 염소마저!"

스갱 씨는 너무 놀라서 큰 소리로 외쳤지. 그러고는 염소 곁 풀밭에 앉아서 이렇게 말했어.

"뭐! 나를 떠나고 싶다고?"

그러자 블랑케트(*염소의 이름.)가 대답했어.

"네, 스갱 씨."

"풀이 부족해서 그러니?"

"아, 아니에요! 스갱 씨."

"어쩌면 줄이 너무 짧았나 보구나. 더 길게 해 줄까?"

"그러실 필요 없어요, 스갱 씨."

"그럼, 너한테 뭐가 필요한 거니? 뭘 원하는 거야?"

"산으로 가고 싶어요, 스갱 씨."

"불행하게도 산에 늑대가 있다는 걸 모르는구나……. 늑대가 오면 어떡할래?"

"뿔로 받을 거예요, 스갱 씨."

"늑대는 네 뿔 따위는 아주 우습게 여긴단다. 너보다 뿔이 훨씬 큰 내 암염소들도 먹어 치워 버렸어. 작년에 여기 있던 그 불쌍한 늙은 르노드를 너도 잘 알지? 숫염소처럼 강하고 사나운 우두머리 암염소였는데……. 르노드는 늑대랑 밤새 싸우다가 아침에 늑대한테 잡아먹혔어."

"저런, 가여워라. 하지만 괜찮아요, 스갱 씨. 나를 산으로 가게 놓아주세요."

"맙소사! 아니, 도대체 내 염소들은 왜 다 이런 거야? 이번에도 또 늑대에게 잡아먹힐 염소라니……. 안 되지, 암! 안 되고말고. 네가 뭐라고 하든 나는 너를 구해 낼 거야, 요 망나니야! 네가 줄을 끊어 버릴지도 모르니 너를 외양간에 가둘 테다. 너는 앞으로 늘 거기서 지내게 될 거야."

스갱 씨는 그렇게 말하고 나서 그 염소를 아주 캄캄한 외양간으로 데려가서는 문을 꽁꽁 잠가 버렸어. 그런데 불행히도 창문을 잊은 거야. 스갱 씨가 등을 돌리자마자 어린 염소는 도망가 버렸어. 웃는 거니, 그랭구아르? 물론 그렇겠지. 그럴 거라고 생각해. 너는 선량한 스갱 씨 대신에 염소편을 들겠지. 네가 조금 뒤에도 웃게 될지 두고 보자꾸나.

하얀 염소가 산에 도착하자 모두가 황홀해했어. 늙은 전나무들은 그토록 예쁜 것을 본 적이 없었지. 그 염소는 어린 여왕처럼 환영받았어. 밤나무들은 가지 끝으로 염소를 어루만지려고 땅에 닿을 만큼 몸을 숙였어. 금작화들은 염소가 지나갈 때 꽃을 활짝 벌렸고 한껏 좋은 향기를 풍겼지. 온 산이 그 염소를 열렬히 환영했어.

그 염소가 행복했을 거라고 너는 생각하겠지, 그랭구아르! 목에 맨 줄도 없고 말뚝도 없었으니까……. 어느 누구도 깡충깡충 뛰거나 마음대로 풀을 뜯어 먹는 것을 막지 않았어. 거기에는 풀이 잔뜩 있었어! 그 염소의 뿔보다 더 높이 자라 있었다니까, 글쎄! 게다가 풀들은 또 얼마나 훌륭한지! 맛있고, 가느다랗고, 들쭉날쭉하고, 온갖 식물로 가득한 풀밭……. 우리 속 잔디와는 아주 다른 풀들이었지. 게다가 꽃들도 있고! 커다랗고 파란 초롱꽃, 꽃받침이 긴 자줏빛 디기탈리스, 온 숲이 매혹적인 즙으로 흘러넘치는 야생화 천지였어!

그 하얀 염소는 반쯤 취해 숲 속에서 다리를 공중으로 쳐들고 발라당 드러누워 비탈을 굴렀고 낙엽과 밤들과 함께 뒤범벅이 되었어. 그러다가 갑자기 벌떡 일어서서 "자!"라고 외치고는 출발했어. 머리를 쭉 내밀고 관목들과 회양목들을 헤치고, 어떤 때는 산꼭대기로, 어떤 때는 골짜기 깊숙한 데로, 높은 곳으로, 낮은 곳으로, 온갖 곳을 돌아다녔지. 산에 스갱 씨의 염소가 한 열 마리는 있는 것 같았어. 왜냐하면 블랑케트는 두려운 게 아무것도 없었거든. 축축한 먼지와 거품을 튀기며 흐르는 커다란 급류를 블랑케트는 한 번에 펄쩍 뛰어넘곤 했지. 그러고는 편평한 돌에 완전히 젖은 몸을 눕히고는 햇볕에 말렸어. 한번은 금작화를 입에 물고서 어느 고원 가장자리에 이르러서는 저 아래 있는 스갱 씨의 집과 그 뒤에 딸린 우리를 보게 되었지. 그러자 염소는 눈물이 날 정도로 웃어 댔어.

"어쩜 저렇게 작지! 내가 어떻게 저 안에서 버틸 수 있었을까?"

불쌍한 것 같으니라고! 그렇게 높이 올라가 있으니까 자기가 온 세상만큼 커다란 줄 알았나 보지?

그날 스갱 씨의 염소는 좋은 하루를 보냈어. 낮에는 사방으로 뛰어다니다가 머루를 게걸스럽게 따 먹고 있는 산양 떼를 만나게 되었어. 하얀 원피스를 입은 것 같은 우리의 달리기 선수는 그 산양들을 동요시켰어. 블랑케트에게 머루를 따 먹기 가장 좋은 자리가 돌아갔고 모든 숫산양들이 환심을 사려고 아주 난리였어. 이건 우리끼리 얘긴데 그랭구아르, 검은 털의 한 젊은 산양은 운 좋게도 블랑케트의 마음에 들었어. 사랑에 빠진 그 둘은 한두 시간 정도 숲을 헤매고 다녔지. 그 둘이서 무슨 말을 주고받았는지 알고 싶다면 이끼 속에 숨어서 흐르는 수다스러운 샘물에게 물어보렴.

그런데 갑자기 바람이 차가워졌어. 산은 보랏빛으로 변했지. 저녁이 된 거야.

"벌써!"

어린 염소는 말했어. 그러고는 몹시 놀라서 우뚝 멈췄어. 저 아래 들판이 안개에 잠겨 있었어. 스갱 씨의 우리는 그 뿌연 안개 속으로 사라져 버렸고 보이는 거라고는 약간의 연기가 뿜어져 나오는 스갱 씨네 집 지붕뿐이었어. 블랑케트는 사람들이 집으로 데려가는 가축들의 방울 소리에 귀를 기울었어. 그러자 마음이 아주 슬퍼졌지. 둥지로 돌아오던 큰 매가 블랑케트를 날개로 살짝 스쳤어. 블랑케트는 몸을 떨었어. 이윽고 산속에서 울부짖는 소리가 들렸어.

"우우! 우우!"

블랑케트는 늑대가 생각났어. 온종일 미친 듯이 뛰어다니느라 까맣게 잊고 있었던 거야. 바로 그 순간, 계곡 멀리서 나팔 소리가 울려 왔어. 선량한 스갱 씨의 마지막 노력이었지.

"우우! 우우!"

늑대가 울었어.

"돌아와! 돌아와!"

나팔은 외쳐 댔어. 블랑케트는 돌아가고 싶었어. 하지만 말뚝, 줄, 울타리를 떠올리자 더 이상 그런 생활에 적응할 수가 없으니 그냥 숲에 남아 있는 게 낫다고 생각했어.

나팔 소리가 더 이상 들리지 않았어. 그때 염소 뒤에서 나뭇잎이 흔들리는 소리가 들렸어. 염소가 몸을 돌려 보니 그늘 속에 짧고 곧은 두 개의 귀와 반짝반짝 빛나는 두 개의 눈이 보였어. 늑대였어. 바로 뒤에서 거대한 늑대가 미동도 없이 두 발로 앉아 그 하얗고 어린 염소를 바라보고 있었어. 군침을 흘리면서 말이야. 늑대는 자기가 그 염소를 먹게 되리라는 것을 알았기 때문에 서두르지 않았어. 염소가 몸을 돌리자 그저 못되게 웃기 시작했지.

"하하! 스갱 씨의 어린 염소로구나!"

그러고는 커다랗고 시뻘건 혀로 부싯깃같이 축 늘어진 입술을 핥았지. 블랑케트는 모든 게 끝났다는 걸 깨달았어. 어느 순간, 밤새 싸우다가 아침에 잡아먹혔다던 늙은 르노드 이야기가 떠오르면서 차라리 당장 먹히도록 가만히 있는 게 낫겠다고 생각했지. 그러다가 생각을 바꿔서 스갱 씨의 용감한 염소가 그랬던 것처럼 머리를 낮추고 뿔을 내밀며 경계 태세에 돌입했어. 늑대를 죽일 수 있다는 희망 때문에 그런 게 아냐. 한낱 염소가 늑대를 죽이지는 못 하니까. 그저 자기도 르노드만큼 오래 버틸 수 있을지 알아보기 위해서였어.

그때 그 괴물 같은 늑대가 다가왔고 염소의 작은 뿔들은 춤추기 시작했어. 아, 용감한 어린 염소! 그 염소는 정말 용감하게 맞섰지! 늑대가 뒤로 물러나 숨을 돌린 게 열 번도 넘었다니까. 거짓말 아냐, 그랭구아르. 그렇게 일 분 정도 쉴 때마다 그 탐식가 염소는 자기가 좋아하는 풀을 급하게 따 먹곤 했어. 풀을 입에 잔뜩 물고서 다시 전투에 돌입했지. 밤새도록 그랬어. 가끔씩 스갱 씨의 염소는 청명한 하늘에서 별들이 춤추는 것을 바라보았어. 그러고는 생각했지.

"아! 내가 새벽까지만 버티면 좋겠는데……."

별들이 하나씩 하나씩 꺼져 갔어. 블랑케트는 뿔 공격에 힘을 더 실었고 늑대는 이빨로 공격을 더해 갔지. 어슴푸레한 빛이 지평선에 나타났어. 목이 쉰 수탉의 울음소리가 어느 소작지에서 들려왔어.

"드디어!"

죽기 위해 오로지 동이 트기만을 기다렸던 그 불쌍한 짐승이 말했어. 염소는 아름답고 하얀 털이 온통 피로 얼룩진 채 바닥에 길게 뻗었어. 그러자 늑대가 달려들어 그 어린 염소를 먹어 치웠어.

안녕, 그랭구아르! 네게 들려준 이 이야기는 내가 지어낸 동화가 아냐. 네가 혹시라도 프로방스에 온다면 우리 지방 아주머니들이 자주 얘기해 줄 거야. "스갱 씨네 새끼 염소가 밤새 늑대와 싸우다가 아침에 그 늑대 놈에게 잡아먹혀 버렸대요."라고 말이야. 내 말 알아들었지, 그랭구아르? 아침에 늑대 놈에게 잡아먹혀 버렸다니까.

# 황금 뇌를 가진 남자

### -재미난 이야기를 부탁한 부인에게

부인, 당신의 편지를 읽으면서 저는 후회했습니다. 제 이야기들이 너무 상갓집 분위기였던 것 같아서 스스로를 원망했지요. 그래서 오늘은 당신에게 뭔가 즐거운, 미치도록 즐거운 이야기를 선사하기로 마음먹었습니다.

제가 왜 슬프겠어요? 파리의 안개로부터 만 리나 떨어진 빛나는 언덕, 탬버린 춤과 사향 포도주의 고장에서 살고 있는데 말입니다. 배가 하얀 새들의 오케스트라도 있고 박새들의 관악대도 있으며, 아침이면 "쿠렐리! 쿠렐리!" 하며 지저귀는 마도요도 있고, 정오가 되면 울어 대는 매미들 그리고 피리를 연주하는 목동들과 포도밭에서 깔깔대는 아름다운 구릿빛 피부의 아가씨들도 있는 걸요. 슬픈 생각에 잠길 틈이 없는 곳이지요. 그러니 차라리 부인들에게 장밋빛 시나 연애 이야기가 한가득 담긴 바구니를 보내야 했을 겁니다.

에이, 아닙니다! 저는 아직도 파리에 너무 가까이 살고 있습니다. 파리가 매일같이 쏟아 내는 슬픔은 우리 집 소나무에까지 와 닿는답니다. 심지어 제가 이 글을 쓰고 있는 순간에도 불쌍한 샤를르 바르바라의 비참한 죽음에 대해 막 알게 되었으니까요. 그래서 제 방앗간은 실의에 빠져 있습니다.

마도요와 매미들은 이제 안녕! 나는 전혀 즐겁지가 않네요. 부인, 부인께서는 오늘도 쓸쓸한 전설만 듣게 되실 겁니다. 원래 해 드리기로 했던 익살스럽고 우아한 이야기 대신에요.


옛날에 황금 뇌를 가진 남자가 있었습니다. 네, 부인, 완전히 황금으로 된 뇌 말입니다. 의사들은 그가 태어났을 때 살지 못할 거라고 생각했습니다. 그 정도로 머리가 무거웠고 정상을 벗어난 크기였지요. 그럼에도 그는 살아났고 아름다운 올리브 묘목처럼 햇빛을 받으며 성장했습니다. 하지만 그 큰 머리가 언제나 문제였습니다. 그가 자꾸만 가구에 머리를 부딪히는 모습을 보면 참 딱했습니다.

그는 자주 넘어졌지요. 어느 날 그는 층계 위에서 굴러떨어져 대리석 계단에 이마를 찧게 되었습니다. 그 순간 그의 머리에서는 금괴가 부딪히는 소리가 났지요. 사람들은 그가 죽은 줄 알았습니다. 하지만 그는 가벼운 상처만 입었을 뿐이었고 작은 황금 조각 두세 개가 그의 금발 머리 속에 엉겨 붙어 있었습니다. 그의 부모는 그제야 아들이 황금으로 된 뇌를 가졌다는 사실을 알게 되었습니다. 그 일은 비밀에 부쳐졌지요. 불쌍한 그 아이조차 전혀 눈치채지 못했습니다. 가끔씩 그 아이는 묻곤 했어요. 왜 동네 친구들과 뛰어놀도록 놔두지 않느냐고 말입니다. 그러면 그의 어머니는 이렇게 대답했지요.

"너를 훔쳐 갈까 봐 그래, 나의 아름다운 보물아!"

어머니의 말에 아이는 매우 두려웠습니다. 그는 더 이상 아무 말도 하지 않고 돌아와 혼자 놀았고 이 방 저 방을 무겁게 돌아다녔습니다.

그가 열여덟 살이 되었을 때 비로소 그의 부모는 운명이 그에게 던져 준 괴물 같은 선물에 대해 털어놓았습니다. 그들은 아들에게 지금까지 먹여 주고 키워 준 대가로 황금을 좀 달라고 했습니다. 그는 망설이지 않고 황금을 떼어 주었어요. 어떻게 떼어 주었냐고요? 그것에 대해서는 전해 내려오는 바가 없어요. 아무튼 그는 머릿속에서 호두만 한 황금 조각을 떼어 내더니 어머니의 무릎 위에 자랑스럽게 던졌어요. 그는 자기 머리에 든 재물에 완전히 넋을 잃었고 욕망으로 미쳐 버렸습니다. 그는 막강한 힘에 취해서 아버지 집을 떠나 자신의 보물을 낭비하며 세계 곳곳을 돌아다녔습니다.

그가 이어 가던 생활 방식, 즉 호화롭고 헤프게 황금을 뿌리고 다니는 모습을 보면 그의 뇌는 고갈되지 않을 것만 같았습니다. 하지만 결국 뇌는 바닥을 드러냈고 그의 눈과 뺨도 점점 패어 갔습니다. 미친 듯이 방탕하게 보낸 어느 날 아침, 그 불행한 사람은 향연의 찌꺼기들과 창백해지는 불빛 가운데 홀로 남게 되었습니다. 그는 자신의 방탕한 삶 때문에 황금덩이에 패인 거대한 틈을 보고 경악했습니다. 이제 멈춰야 할 때가 된 것입니다.

그때부터 새로운 삶이 시작되었습니다. 황금 뇌를 가진 남자는 자기 힘으로 먹고살기 위해 홀로 떠났습니다. 그는 수전노처럼 의심과 두려움을 가득 안고 유혹들을 피하면서 더 이상 만지고 싶지도 않은 그 불운한 부(富)를 잊어버리려 노력했지요. 불행히도 한 친구가 고독한 그를 따라왔습니다. 그 친구는 그의 비밀을 알고 있었습니다.

어느 날 밤, 그 불쌍한 사람은 머리가 끔찍하게 아파서 벌떡 일어났습니다. 그는 미친 듯 몸을 일으켰고 달빛 속에서 외투 안에 뭔가를 감추고 도망치는 친구를 보았습니다. 또 뇌를 조금 빼앗긴 것입니다!

얼마 뒤 황금 뇌의 남자는 사랑에 빠졌습니다. 정말 끝내주는 사랑이었습니다. 그는 온 영혼을 바쳐서 귀여운 금발 여인을 사랑했습니다. 그 여인도 남자를 좋아했지만 그보다는 장화에 달려 찰싹거리는 방울 술, 하얀 깃털들, 예쁜 금갈색 유리 조각들을 더 사랑했습니다.

어찌 보면 새 같고 또 어찌 보면 인형 같은 그 귀여운 여인의 두 손에서 금화들이 사라지는 것은 그에게 큰 기쁨이었습니다. 그녀는 온갖 변덕을 부렸지만 그는 싫다는 말을 결코 할 줄 몰랐습니다. 심지어 그녀를 괴롭게 할까 봐 두려워서 자기 재산의 서글픈 비밀을 끝까지 숨겼습니다.

"우리 부자인 거죠?"

그녀가 물었습니다. 그 불쌍한 남자는 대답했습니다.

"오, 그럼. 부자지!"

그러고는 자신의 뇌를 갉아먹는 그 작은 파랑새를 향해 순진무구한 사랑의 미소를 지었습니다. 때로는 두려움에 사로잡혀서 수전노가 되고 싶기도 했습니다. 하지만 그때마다 그 귀여운 여인은 깡충깡충 뛰어와서 말했습니다.

"큰 부자인 내 남편이여! 아주 비싼 것을 사 주세요……."

그러면 그는 그녀에게 아주 비싼 뭔가를 사 주었습니다.

그렇게 2년이 흘렀습니다. 어느 날 아침, 그 귀여운 여인이 죽고 말았습니다. 왜 죽었는지 알 수 없었습니다. 마치 한 마리의 새처럼……. 황금은 거의 바닥이 났지만 홀아비가 된 황금 뇌의 남자는 남은 황금으로 소중한 고인에게 아름다운 장례식을 치러 주었습니다. 요란하게 울리는 종들, 온통 검정색으로 뒤덮인 육중한 장례 마차들, 깃털 장식이 달린 말들, 검은 벨벳 천에 달린 눈물 모양의 은장식들……. 제아무리 아름답게 장식해도 그가 보기에는 부족해 보였습니다. 그에게 이제 황금이 뭐가 중요하겠습니까? 그는 교회, 짐꾼들, 에델바이스꽃을 파는 여인들에게 황금을 나눠 주었고 그 어디서나 흥정하지 않고 황금을 건 넸습니다. 그래서 그가 묘지를 나설 때쯤 그 놀라운 뇌에 남은 것이라고는 거의 없었습니다. 아주 작은 황금 조각 몇 개만이 뇌의 내벽에 겨우 붙어 있을 뿐이었습니다.

그는 거리를 쏘다니며 정신 나간 표정으로 두 손을 앞으로 내밀고 술 취한 사람처럼 비틀비틀 돌아다녔습니다. 그는 잡화점들이 불을 켜는 저녁이 되자 넓은 진열창 앞에 멈춰 섰습니다. 진열창 안에는 뒤죽박죽 쌓여 있는 온갖 천과 장신구들이 조명을 받아 번쩍거리고 있었습니다. 그는 백조 털로 가장자리를 두른 파란색 비단 장화 한 켤레를 바라보며 오래 머물렀습니다.

"이 장화를 보면 무척 좋아할 사람을 알고 있지."

그는 이렇게 중얼거리며 미소 지었습니다. 그 귀여운 여인이 죽었다는 사실을 벌써 잊어버린 그는 장화를 사러 가게로 들어 갔습니다. 가게 안에서 주인 여자의 비명 소리가 들렸습니다. 그녀는 서 있는 남자를 보고는 무서워서 뛰쳐나와 뒤로 물러섰습니다. 계산대로 다가온 그가 얼빠진 표정으로 고통스럽게 그녀를 바라보았던 것입니다. 그는 백조 털로 가장자리가 장식된 파란색 장화를 한 손에 쥐고, 온통 피투성이인 다른 손으로는 손톱 끝으로 긁어낸 황금 부스러기들을 내보이고 있었습니다.

부인, 이게 바로 황금 뇌를 가진 남자의 전설입니다. 마치 환상 동화 같지만 이 전설은 처음부터 끝까지 사실이랍니다. 세상

곳곳에는 자기 뇌로 먹고살도록 내몰려서 삶의 아주 사소한 것들을 아름답고 귀한 황금으로, 즉 자신의 골수와 회백질로 지불하는 불쌍한 사람들이 있습니다. 그것이 그들에게 날마다 고통을 주지요. 그들이 괴로움에 지칠 때면 더욱…….

## 마지막 수업

그날 아침, 나는 너무 늦어서 선생님에게 혼날까 봐 굉장히 무서웠다. 게다가 아멜 선생님이 우리에게 분사에 대해 질문하겠다고 했는데 나는 분사에 대해 하나도 모르고 있었다. 그래서 수업을 빼먹고 들판을 가로질러 달아나 버릴까 하는 생각도 했다.

날씨는 따뜻했고 하늘은 청명했다! 지빠귀들이 숲 가장자리에서 휘파람 같은 소리로 지저귀는 게 들렸고 리페르 초원의 목재소 뒤에서는 프로이센 사람들이 훈련하는 소리가 들렸다. 그 모든 것이 분사에 관한 문법 규칙보다 훨씬 더 나를 유혹했다. 하지만 나는 저항할 힘이 있었고 학교 쪽으로 아주 빠르게 달려갔다.

시청 앞을 지나다가 포스터들이 붙어 있는 작은 철창 가까이에 사람들이 모여 있는 것이 보였다. 2년 전부터 온갖 나쁜 소식들이 나붙는 곳이었다. 패한 전투들, 징발들, '코만다투어(*독일어로 '사령부'라는 뜻.)'의 명령들…… 나는 멈추지 않고 달려가면서 생각했다.

'또 무슨 일이지?'

광장을 가로질러 뛰어가는데 대장장이 바흐터 씨가 자기 조수와 함께 포스터를 읽고 있다가 내게 소리쳤다.

"그렇게 서두르지 마라, 얘야. 지금 가도 충분히 일찍 학교에 도착할 테니까!"

나는 그 아저씨가 나를 놀리는 줄 알고 헐떡거리면서 학교의 작은 마당으로 들어갔다. 보통 수업이 시작될 때면 교실은 거리에까지 들릴 정도로 굉장히 소란스러웠다. 책상 서랍을 여닫는 소리, 더 잘 배우기 위해 귀를 막고 다 함께 아주 큰 소리로 수업 내용을 반복하는 소리 그리고 선생님이 "좀 조용히들 해라!"라고 외치며 커다란 자로 교탁을 치는 소리…….

나는 들키지 않고 내 자리로 가기 위해 그 야단법석에 기대를 걸었다. 그런데 마침 그날은 모든 것이 조용했다. 마치 일요일 아침처럼…… 열린 창문으로 이미 제자리에 앉아 있는 반 친구들이 보였다. 아멜 선생님도 보였는데 선생님은 그 끔찍한 자를 옆구리에 끼고서 왔다 갔다 하고 있었다. 문을 열고 그 엄청난 고요함 한가운데로 들어가야만 했다. 내가 얼마나 상기되고 두려웠을지 생각해 보라. 그런데 글쎄! 아멜 선생님은 화도 내지 않고 나를 바라보다가 아주 부드럽게 말했다.

"얼른 네 자리로 가렴, 프란츠. 우리가 너 없이 시작할 뻔했구나."

나는 긴 의자를 성큼 뛰어넘어서 내 자리에 앉았다. 두려움이 좀 가시고 나서야 우리 선생님이 아름다운 초록색 프록코트에 가느다란 주름 장식을 달았다는 것과 검은 비단 자수 모자를 쓰고 있다는 걸 알아챘다. 장학관의 시찰이 있거나 상을 수여하는 날에만 볼 수 있는 옷차림이었다. 그리고 교실 전체에 특별하고 엄숙한 분위기가 감돌았다. 하지만 나를 가장 놀라게 한 것은 평소 비어 있던 교실 구석의 긴 의자들에 마을 사람들이 우리처럼 조용히 앉아 있다는 점이었다. 연로한 하우저 할아버지가 삼각모를 쓰고 앉아 있었고 예전 시장님과 우체부 그리고 다른 마을 사람들도 보였다. 거기 있는 모든 사람들이 슬퍼 보였다. 하우저 할아버지는 가장자리가 닳아 버린 낡은 기초 프랑스 어 책을 가져와서는 무릎 위에 펼쳐 놓고 있었고 그 위에는 할아버지의 커다란 안경이 가로로 놓여 있었다. 내가 그 모든 것에 놀라는 동안 아멜 선생님은 교단으로 올라가서 나를 맞이할 때와 똑같이 부드럽고 엄숙한 목소리로 말했다.

"얘들아, 이게 너희와의 마지막 수업이란다. 알자스와 로렌 지방의 학교에서는 이제 오로지 독일어만 가르치라는 명령이 베를린에서 떨어졌다. 새 선생님이 내일 오실 거야. 그러니까 오늘이 너희의 마지막 프랑스 어 수업이 될 거다. 잘 집중하도록."

이 몇 마디가 나를 뒤흔들어 놓았다. 아, 파렴치한 인간들! 그들이 시청에 게시한 소식이 바로 이것이었다.

나의 마지막 프랑스 어 수업! 겨우 쓸 줄 알았던 나! 이제는 결코 배우지 못하게 된단 말인가! 이 수준에서 머물러야 한단 말인가! 잃어버린 시간과 새 둥지를 찾아다니거나 자아르 강에서 미끄럼을 타느라 빼먹은 수업들이 얼마나 후회스럽던지! 방금 전까지만 해도 너무 지루하고 무겁다고 여겼던 내 책들, 문법, 성사(聖史)는 이제 떠나보내기 힘든 오랜 친구와도 같았다. 아멜 선생님처럼 말이다. 선생님이 떠날 거라는 생각, 다시는 뵙지 못할 거란 생각이 그간 받은 벌들과 자로 맞았던 매를 잊게 만들었다.

불쌍한 선생님! 바로 이 마지막 수업을 기념하기 위해 선생님은 일요일에만 입는 좋은 옷을 차려입고 온 것이다. 그제야 나는 왜 마을 노인들이 교실 끝에 앉아 있는지 이해했다. 그들은 이 학교에 더 자주 오지 않은 것을 후회하는 것 같았다. 이렇게나마 우리 선생님이 40년 동안 임무를 훌륭하게 수행한 것에 감사를 표하는 동시에 사라져 버릴 조국에 대한 의무를 다하려는 것 같았다. 그런 생각을 하고 있던 바로 그때 내 이름을 부르는 소리가 들렸다. 내가 낭송할 차례였던 것이다. 문제의 그 분사 규칙을 빠짐없이 큰 소리로, 아주 분명하게 틀리는 것 하나 없이 말할 수만 있다면 내가 무슨 짓인들 못 했겠는가! 하지만 나는 첫 마디부터 뒤죽박죽이었고 내 자리에서 몸을 떨며 서 있었다. 마음은 북받치고 얼굴은 차마 들지 못한 채……. 아멜 선생님이 내게 말했다.

"너를 야단치지는 않을 거다. 프란츠. 벌이라면 이미 충분히 받았을 테니까……. 바로 그거야. 우리는 매일 '흥! 난 시간이 많아. 내일 배울 거야.'라고 생각하지. 그러다 무슨 일이 벌어지는지 보렴. 아! 교육을 내일로 미루는 것이 우리 알자스의 큰 불행이었다. 이제 그들은 우리에게 '하! 프랑스 인이 되겠다고 주장하면서 자기네 언어를 읽지도 쓰지도 못 하다니!'라고 말하겠지……. 불쌍한 프란츠, 그렇다고 네가 가장 비난받아야 할 사람은 아니란다. 우리 모두가 반성해야 할 문제니까. 부모님들은 너희가 교육받는 것을 별로 원하지 않았다. 그분들은 몇 푼 더 벌자고 너희를 밭이나 방적 공장에 보내는 쪽을 더 좋아했지. 그럼 내겐 반성할 것이 아무것도 없을까? 공부하는 대신 내 정원에 물을 주게 한 일이 자주 있지 않았던가? 내가 송어를 잡으러 가고 싶을 때면 거리낌 없이 여러분을 집에 보내곤 하지 않았나?"

아멜 선생님은 다른 얘기로 넘어가다가 프랑스에 대해 말하기 시작했고 프랑스 어는 세상에서 가장 아름답고 명료하며 견고한 언어라고 말했다. 그러므로 우리끼리 프랑스 어를 잘 간직해서 결코 잊어서는 안 된다고 했다. 그러면서 선생님은 "민족이 노예로 전락하더라도 그 언어를 잘 붙잡아 두고 있는 한 열쇠를 쥐고 있는 거나 다름없다."고 말했다.(*"자기 언어를 붙잡고 있으면 사슬로부터 자신을 해방시키는 열쇠를 쥐고 있는 것이다."라는 프로방스 출신 시인 프레데릭 미스트랄의 명언을 인용한 것이다.) 그러고 나서 선생님은 문법 책을 들더니 우리에게 학습 내용을 읽어 주었다. 수업 내용이 이해되어 나는 깜짝 놀랐다. 선생님이 말하는 모든 것이 쉬워 보였다. 내가 선생님의 수업을 그렇게 잘 들은 적이 없었던 것 같고 선생님 또한 그렇게 인내심을 가지고 설명한 적이 없었던 것 같았다. 선생님은 떠나기 전에 자신이 알고 있는 모든 것을 우리에게 전해 주고, 그것들을 단 한 번에 우리 머릿속에 넣으려는 것만 같았다.

문법 설명이 끝나자 글쓰기로 넘어갔다. 그날은 아멜 선생님이 아주 새로운 예문들을 준비해 왔다. 세로획의 끝을 둥글게 올린 아름다운 서체로 '프랑스, 알자스, 프랑스, 알자스'라고 쓰여 있었다. 책상에 매달려 교실 곳곳에서 펄럭이는 작은 깃발 같았다. 각자 얼마나 열심히 하고 얼마나 조용히 했는지 모른다! 종이 위에 펜이 긁히는 소리밖에 들리지 않았다. 풍뎅이들이 들어왔지만 아무도 신경 쓰지 않았다. 심지어 가장 어린 아이들마저도 풍뎅이에 전혀 관심을 두지 않고 수직선 긋기에 열중하고 있었다. 마음과 정신을 집중하여 마치 그 수직선조차도 프랑스 어인 양……. 학교 지붕 위에서는 비둘기들이 아주 조그만 소리로 구구거렸다. 나는 그 소리를 들으면서 '비둘기들에게도 독일어로 노래하라고 하는 게 아닐까?'라고 생각했다.

이따금씩 글자를 쓰다 말고 눈을 들어 보면 아멜 선생님이 교단에서 자기 주변의 사물들을 뚫어져라 바라보면서 가만히 있는 모습이 보였다. 마치 자신의 시선 속에 그 작은 학교 구석구석을 모두 담아 가고 싶었던 양……. 생각해 보시라! 40년 전부터 선생님은 늘 같은 자리에서 자신의 뜰과 언제나 비슷한 자기 반 아이들을 앞에 두고 있었다. 단 의자와 책상들만은 자꾸 써서 반질반질하게 닳아 있었다. 뜰의 호두나무들은 자라났고 그가 직접 심은 홉은 이제 창문들과 지붕까지 장식하고 있었다. 그 모든 것을 떠나는 일, 자기 누이가 바로 위층에서 짐 가방들을 닫고 있는 소리를 듣는 것이 그 불쌍한 선생님에게는 얼마나 가슴 찢어지는 일이었을까! 그들은 다음 날 출발하여 그 고장에서 영원히 사라져야만 했으니까.

그럼에도 선생님은 용기를 내어 끝까지 수업을 이어 갔다. 쓰기 다음으로는 역사를 공부했다. 그러고 나서는 아이들이 다 같이 "바베비보부……." 하고 노래했다. 교실 구석에 있던 하우저 할아버지도 안경을 끼고는 두 손으로 초급 프랑스 어 책을 들고서 아이들과 함께 열심히 글자를 읽었다. 하우저 할아버지의 목소리가 흥분으로 떨렸다. 그 소리가 너무나 우스꽝스러워서 우리는 웃음을 참느라 눈물이 날 뻔했다. 아! 앞으로도 나는 그 마지막 수업을 영원히 기억할 것이다…….

교회 시계가 정오를 가리키자 기도 시간을 알리는 종소리가 들려왔다. 같은 순간, 훈련에서 돌아오는 프로이센 군인들의 나팔 소리가 우리 교실 창문 아래서 요란스레 울렸다. 아멜 선생님이 아주 창백해진 얼굴로 자리에서 일어났다. 선생님이 그렇게 커 보인 적이 없었다. 선생님은 말했다.

"친구들이여, 나의 친구들이여. 나는…… 나는…….."

하지만 무엇인가 선생님을 숨 막히게 했다. 선생님은 하려던 말을 잇지 못했다. 그러더니 선생님은 칠판 쪽으로 몸을 돌려서 분필 조각을 집더니 온 힘을 다해 꾹꾹 눌러서 최대한 큰 글씨로 썼다.

**프랑스 만세!**

선생님은 머리를 벽에 대고 그대로 있다가 우리에게 조용히 손짓하며 말했다.

"끝났으니…… 이제 가거라."

# ∞
## 당구

병사들은 이틀 전부터 시작된 전투로 등에 배낭을 멘 채 억수 같은 비를 맞으며 밤을 보내야 했다. 병사들은 기진맥진했다. 그런데도 그 치명적인 세 시간 동안 병사들은 무기를 발 아래 내려놓고 큰 도로의 물웅덩이나 흠뻑 젖은 들판의 진흙탕 속에서 목이 빠지게 기다려야 했다.

피로로 둔해진 데다 군복이 물에 흠뻑 젖은 채 며칠 밤을 보냈기에 그들은 몸을 덥히고 힘을 내기 위해서 서로 꼭 달라붙었다. 선 채로 옆 사람 배낭에 기대어 자는 병사들도 있었다. 잠에 빠져 긴장이 풀린 병사들의 얼굴에서는 지겨움과 결핍이 묻어났다. 비가 와서 진창인 데다가 불도 수프도 없었다. 하늘은 낮고 깜깜했으며 사방에선 온통 적들의 움직임이 느껴졌다. 그야말로 음산했다.

뭣들 하고 있는 걸까? 무슨 일이 벌어지고 있는 거지? 숲 쪽으로 향한 대포들의 아가리가 뭔가를 살피고 있는 것만 같았다. 매복한 기관총들은 지평선을 뚫어져라 노려보고 있었다. 공격을 위한 모든 것이 갖춰졌다. 그런데 왜 공격하지 않는 걸까? 무엇을 기다리는 걸까?

명령을 기다리고 있는데 군사령부는 잠잠했다. 그렇다고 군사령부가 멀리 있는 것도 아니었다. 산과 산 사이 중턱에서 비에 씻긴 붉은색 벽돌로 번쩍이는 아름다운 성이 바로 군사령부였다. 루이 13세(*1610년부터 1643년까지 프랑스를 다스린 왕.)때 지어진 건물이었다. 프랑스 총사령관의 깃발을 달기에 안성맞춤인 진짜 왕가의 거처였다.

그 건물과 도로 사이에는 커다란 도랑과 돌로 된 비탈이 있었고 그 뒤에는 고르고 푸른 잔디가 낮은 층계까지 쭉 펼쳐져 있었다. 그 가장자리에는 화분들이 놓여 있었다. 건물의 은밀한 반대편에는 소사나무 가로수가 늘어선 번쩍이는 통로가 사리혔다. 또 백조들이 헤엄치고 있는 연못이 거울처럼 펼쳐져 있었으며 거대한 새장의 탑 모양 지붕 아래서는 공작과 금빛 꿩들이 우거진 잎과 가지 사이에서 날카로운 소리를 내지르며 날개를 파닥였다. 새들은 그 날개를 부채처럼 펼치기도 했다. 주인들이 떠났음에도 불구하고 그곳은 버려진 것 같지 않았고 전시 특유의 자포자기도 느껴지지 않았다. 총사령관의 깃발 덕분에 잔디의 아주 조그만 꽃들까지도 건재했다.

모든 것이 질서정연했고 초목은 잘 관리되어 있었으며 가로
수 길은 무척 조용했다. 전쟁터와 그토록 가까운 곳에서 이런 풍
요로운 고요함을 맛볼 수 있다는 사실이 새삼 놀라웠다.

　길가에 고약한 진흙과 깊은 웅덩이를 만들던 비도 이곳에서
는 벽돌의 붉은빛과 잔디의 푸른빛을 돋워 주고 오렌지 나무 이
파리와 백조들의 하얀 깃털을 반들거리게 하는 귀족적인 소나기
일 뿐이었다. 모든 것이 빛났고 모든 것이 평화로웠다. 지붕 꼭
대기에서 펄럭이는 깃발과 철창 앞에서 보초를 서고 있는 두 병
사만 없었다면 그곳이 군사령부라는 사실을 누구도 믿지 못했을
것이다. 마구간에서는 말 두 마리가 쉬고 있었다. 여기저기 사
병들이 돌아다녔다. 주방 주변을 서성이는 속옷 차림의 병사들
과 빨간 바지를 입은 채 정원의 드넓은 모래밭에서 조용히 갈퀴
를 휘젓는 정원사들도 볼 수 있었다.

　층계 쪽으로 창이 난 식당에는 반쯤 치워진 식탁이 보였다.
손님들이 떠나 만찬이 끝났는지 구겨진 식탁보 위에 마개를 딴
병과 비어서 희끄무레해진 유리잔 등이 그대로 남아 있었다. 옆
방은 시끄러운 목소리와 웃음소리, 당구공 구르는 소리, 유리잔
맞부딪히는 소리로 요란했다. 총사령관이 당구 시합을 하고 있
었다. 바로 그 때문에 군대가 명령을 기다리는 것이었다. 총사
령관은 한번 시합을 시작하면 하늘이 무너져도 시합을 중단하지
않았다.

　그것이 바로 이 위대한 군인의 약점이었다. 그는 가슴이 온통

훈장으로 뒤덮인 군복 정장 차림으로 전쟁터에서처럼 심각하게, 번득이는 눈과 불타오르듯 열띤 광대뼈를 하고서 식사와 시합, 그로그(*럼 또는 브랜디에 설탕과 레몬, 더운 물을 섞은 음료.)를 즐겼다. 그를 둘러싼 부관들은 충성심과 존경심으로 그가 당구공을 칠 때마다 감탄하며 황홀해했다.

총사령관이 한 점을 따면 모두가 점수 판에 몰려들었고, 총사령관이 목이 마르면 모두들 그에게 그로그를 대접하려고 난리였다. 견장과 깃털 장식들이 스쳤고 훈장과 어깨끈 장식이 부딪히는 소리가 들렸다. 그들은 모두 멋진 미소를 지어 댔다. 그 방에 있는 사람들은 하나같이 수많은 자수 장식과 번쩍이는 새 제복으로 치장한 교활한 아첨꾼들이었다.

천장이 높은 그 방은 떡갈나무로 지어졌으며 공원과 앞뜰 쪽으로 문이 나 있었다. 마치 콩피에뉴(*파리 북쪽에 있는 피카르디 지방의 작은 도시.)의 가을 같았다. 덕분에 그들은 전장을 나다니느라 지쳐 있는 무리들, 더러운 군용 외투를 입고 비를 맞아 가며 음침하게 모여 있는 동료들을 잠시나마 잊을 수 있었다.

총사령관의 시합 상대는 참모부의 젊은 대위였다. 꽉 조인 제복에 밝은색 장갑을 낀 곱슬머리의 그 대위는 다른 누구보다 당구를 잘 치는 실력자였다. 지구상의 모든 총사령관들을 쥐락펴락할 수도 있었지만 그는 상관 앞에서 존경 어린 거리를 유지할 줄 아는 사람이었다. 그는 이기지도 않고 너무 쉽게 지지도 않으려 애썼다. 이제 고급 장교 자리는 따 놓은 당상이었다.

조심하게, 젊은이. 잘 처신해야 해. 총사령관은 15점이고 대위는 10점이었다. 게임을 끝까지 그렇게 이끌어 가야 했다. 지평선도 삼킬 기세인 저 물벼락 아래서 다른 군인들과 함께 아름다운 제복을 더럽히느니……. 어깨끈 장식에 있는 금의 광택을 흐리면서 오지도 않는 명령을 기다리는 것보다 그 편이 대위의 승진에 훨씬 더 유리할 터였다.

정말로 흥미로운 시합이었다. 당구공이 구르며 가볍게 부딪히고 여러 색깔의 공들이 서로 교차했다. 당구공이 이리저리 튀고 당구대 바닥은 달아오르는데…… 갑자기 대포 한 발이 불길을 일으키며 하늘을 갈랐다. 어렴풋한 소음에 유리창이 흔들렸다. 그러자 모두가 부르르 몸을 떨며 걱정스레 서로를 바라보았다. 총사령관만 아무것도 보지도 듣지도 못 한 것 같았다. 그는 당구대에 몸을 기울여서 멋진 후진 회전을 구상 중이었다. 그게 그의 특기였다. 후진 회전!

하지만 다시 번쩍하고 빛이 일더니 이어서 또 한 번 번쩍였다. 대포 발사가 점점 빠르게 이어졌다. 부관들이 창문으로 달려갔다. 프로이센 군이 공격하는 걸까?

"공격할 테면 해 보라지!"

총사령관이 당구 큐 끝에 초크 칠을 하면서 말했다.

"자네 차례네, 대위."

대위는 탄복하며 몸을 떨었다. 매복지에서 잠을 잤다는 튀렌(*17세기 프랑스의 용맹한 총사령관.)조차도 전시 상황에도 당구대 앞에서 이토록 침착한 총사령관에 댈 바가 아니었다. 그러는 동안 소란은 점점 커지고 있었다. 땅을 뒤흔드는 대포 소리와 기관총의 파열음 그리고 전차의 굉음이 뒤섞였다. 주변에서 검붉은 연기가 잔디밭 끝까지 올라왔고 공원 깊숙한 곳 모두가 불타고 있었다. 질겁한 공작과 꿩들이 우리에서 울부짖었고 아랍 산 말들은 화약 냄새를 맡고서 마구간 안쪽에서 날뛰고 있었다.

군사령부가 요동치기 시작했다. 전보가 연이어 날아들었다. 군의 전령들이 전속력으로 당도해 총사령관을 만나게 해 달라고 요청했다. 그러나 총사령관을 만나는 건 불가능했다. 그의 당구 시합을 그 무엇도 중단시킬 수 없다고 내가 말하지 않았던가!

"자네 차례네, 대위."

그러나 대위는 정신이 딴 데 가 있었다. 젊으니까 그런 게 아니겠는가! 그는 분별을 잃어 애초에 세웠던 작전을 잊고 말았다. 그는 이제 연이어 두 점을 따내며 승리에 다가가고 있었다. 총사령관은 격분했다. 그의 얼굴은 놀라움과 분개로 달아올랐다. 바로 그 순간, 말 한 필이 전속력으로 질주해서 마당에 뛰어들었다. 진흙 범벅인 한 부관이 명령을 꼭 전해야 한다며 펄쩍 층계를 뛰어넘었다.

"총사령관님! 총사령관님!"

그가 어떤 대접을 받았는지 봤어야 하는데……. 총사령관은 분노로 끓고 있었다. 수탉처럼 시뻘겋게 상기된 그가 손에 당구 큐를 잡은 채 창가에 나타났다.

"대체 무슨 일인가? 여기에는 보초병도 없단 말인가?"

"하지만 총사령관님……."

"됐네. 좀 있다가…… 내 명령을 기다리라고 하게. 이런 빌어먹을!"

그러고는 창문이 격렬하게 닫혔다. 자기 명령을 기다리라니! 바람에 비가 멎자 불쌍한 병사들은 정면에서 일제 사격을 받았다. 전투 부대가 온통 박살났다. 그러는 동안 다른 병사들은 왜 전투를 시작하지 않는지도 모른 채 무기를 들고 멀뚱히 서 있었다. 명령을 기다리면서 말이다. 그러나 죽는 데에는 명령이 필요 없었다. 묵묵한 큰 성 앞에서 군인들이 수백 명씩 죽어 나갔다. 덤불 뒤에서, 구덩이 안에서……. 이미 쓰러졌는데도 기관총 사격이 그들을 다시 찢어 놓았다. 벌어진 상처에서는 프랑스의 고결한 피가 소리 없이 흐르고 있었다…….

저 위 당구장에서도 열기가 거세졌다. 총사령관이 다시 앞섰기 때문이다. 젊은 대위는 사자처럼 방어하고 있었다.

17점! 18점! 19점!

점수를 기록하자마자 전투의 소음이 다가왔다. 총사령관은 이제 한 점만 따면 되었다. 이미 포탄들이 정원 안까지 날아들고 있었다. 포탄 하나가 연못 위에서 폭발했다. 유리창에 금이 가고 백조 한 마리가 피투성이가 된 깃털의 회오리 속에서 겁에 질린 채 헤엄치고 있었다. 총사령관이 마지막으로 당구공을 때렸다.

이제는 고요해졌다. 소사나무에 떨어지는 빗소리, 작은 언덕 아래서 전차들이 흠뻑 젖은 길을 어지럽게 지나가는 소리뿐이었다. 마치 서두르는 짐승 떼의 발소리 같았다. 군대는 패배하여 달아나고 있었다. 총사령관은 당구 시합에서 이겼다.

# 소년 간첩

그 아이 이름은 '스텐'이었다, 꼬마 스텐. 파리 출신에다 허약하고 창백했으며 열 살쯤 되었을 수도 있고 어쩌면 열다섯 살일지도 몰랐다. 조무래기들의 나이는 좀체 알 수가 없다. 녀석의 어머니는 죽었고 아버지인 스텐 영감은 퇴역한 해군으로, '탕플'이라는 동네에서 작은 공원의 관리인으로 일했다.

아이들, 하녀들, 접이식 의자에 앉아 있는 연로한 부인들, 가난한 어머니들, 차를 피하기 위해 가장자리가 보도와 맞닿은 화단으로 종종걸음 하는 파리 사람이라면 누구나 스텐 영감을 알았고 그를 몹시 좋아했다. 개들도, 벤치를 어슬렁대는 사람들도 무서워하는 그의 거친 수염 뒤에 측은지심의 미소, 마치 어머니 같은 선한 미소가 감춰져 있다는 것을 사람들은 알고 있었다. 그 미소를 보려면 "어린 아들은 어떻게 지내나요?"라고 묻기만 하면 된다는 사실도 말이다.

스텐 영감은 자기 아들을 너무나 사랑했다! 수업을 끝낸 아들이 저녁에 자신을 마중 나오면 그는 무척 행복했다. 그때마다 그는 아들과 함께 가로수 길을 한 바퀴 산책했고, 벤치마다 멈춰서서 공원에 자주 오는 사람들과 인사를 주고받았다.

그러나 불행히도 포위 공격과 더불어 모든 것이 변해 버렸다. 스텐 영감의 작은 공원은 문을 닫았다. 대신 공원에는 석유가 쌓였다. 불쌍한 스텐 영감은 석유를 계속 지켜야 했으므로 담배도 피지 못하고 황량하게 망가진 화단 안에서 종일을 보내야 했다. 아들을 볼 수 있는 건 아주 늦은 저녁, 집에서뿐이었다. 그가 프로이센 사람들에 대해 얘기할 때 그의 수염이 어떻게 변하는지 여러분도 보았어야 하는데……. 어린 스텐은 새로운 생활에 별로 불평하지 않았다. 포위 공격이라! 남자아이들에게는 너무나 재미있는 일이다! 수업도 없고, 항상 방학인 데다 거리는 장터 같고……. 꼬마 스텐은 저녁까지 바깥에서 뛰어다녔다. 그 아이는 성곽 지대로 향하는 부대를 따라다녔다. 특히 군악(軍樂)이 훌륭한 부대들을 좋아했다. 어린 스텐은 그런 데 일가견이 있었다. 96사단은 신통치 않지만 55사단은 실력이 아주 탁월하다며 멋있게 말하곤 했다.

스텐은 유격대가 훈련하는 모습을 바라보기도 했고 배급을 타러 가기도 했다. 그때마다 스텐은 바구니를 옆구리에 끼고서 긴 행렬에 끼어들었다. 가스도 없는 겨울 새벽의 어둠 속에서,

푸줏간이나 빵집을 향해 난 행렬이었다.

발이 물웅덩이에 빠진 채 사람들은 서로 통성명을 했고 정치 얘기를 했으며 스텐 씨의 아들처럼 서로의 의견을 물었다. 그중 가장 재미있는 것은 병마개 게임이었다. 그것은 브르타뉴 출신 유격대들이 포위 기간 동안 유행시킨 그 유명한 '걀로슈(*병마개 위에 동전들을 올려놓고 돌로 쳐서 쓰러뜨리는 게임.)' 게임이었다. 어린 스텐은 성곽 지대나 빵집에 가 있지 않을 때면 십중팔구 샤 토도 광장에서 걀로슈 게임을 구경하고 있었다. 게임에 참여하 는 법은 없었다. 돈이 많이 필요했기 때문이다. 스텐은 게임 하 는 사람들을 구경하는 것으로 만족했다!

특히 한 사람, 파란 작업복을 입은 키 큰 사내 녀석이 동전으 로 100수(*유로화로 통일되기 이전의 프랑스 화폐 단위.)만 걸어도 꼬마 스텐은 감탄을 연발했다. 그 파란 작업복의 남자아이가 뛰 어다닐 때면 그의 작업복 속에서 5프랑짜리 은화가 짤랑거리는 소리가 들렸다.

어느 날 그 큰 남자아이가 꼬마 스텐의 발아래로 굴러 온 동 전 하나를 주우면서 조그만 목소리로 말했다.

"부럽지, 그치? 음, 네가 원한다면 어디서 돈을 구할 수 있는 지 말해 주지."

게임이 끝나자 그 큰 남자아이는 꼬마 스텐을 광장 한구석으 로 데려가더니 자기와 함께 프로이센 사람들에게 신문을 팔러 가지 않겠느냐고 제안했다. 한 번 갈 때마다 30프랑을 받는다고 했다. 스텐은 처음에는 매우 분개하며 거절했다. 사흘 동안 게임 구경도 가지 않았다. 끔찍한 사흘이었다. 꼬마 스텐은 먹지도 않았고 잠도 안 잤다. 밤이면 꿈속에서 자기 침대 다리에 쌓여 있는 병마개 무더기와 반짝거리며 바닥에 죽 이어진 100수 동전들이 보였다. 유혹이 너무 컸다. 나흘째 되던 날 스텐은 샤토도 광장에 가서 그 큰 남자아이를 만나 손을 잡았다.

그들은 눈이 오는 어느 날 새벽에 출발했다. 천 가방을 어깨에 메고 신문들은 헐렁한 옷 속에 숨기고서……. 그들이 포트르드 플랑드르(*파리 외곽에 있던 지역의 옛 지명.)에 도착했을 때가 되어서야 겨우 날이 밝았다. 큰 아이가 스텐의 팔을 잡더니 보초병─보초병은 코가 빨갛고 선해 보이는 선량한 주둔병이었다.─에게 다가가서 불쌍한 목소리로 말했다.

"우리를 통과시켜 주세요, 좋으신 나리……. 어머니는 아프시고, 아빠는 돌아가셨어요. 어린 동생과 함께 밭에서 감자를 주워 보려 해요."

그는 눈물을 흘렸다. 스텐은 너무 창피해서 고개를 숙였다. 보초병은 그 둘을 잠시 바라보더니 황량하고 하얀 도로를 힐끔 쳐다보았다.

"빨리들 지나가라."

보초병이 물러서며 말했다. 그렇게 해서 두 아이는 오베르빌리에의 도로에 들어서게 되었다. 큰 남자애는 웃어 댔다! 꼬마 스텐은 병영으로 바뀐 공장들과 젖은 걸레로 가득한 황량한 바리케이드를 꿈에서처럼 혼란스럽게 바라보았다. 이 빠진 키 큰 굴뚝들은 연기를 내뿜어 안개를 얼룩지게 했다. 초병 한 명, 작은 쌍안경을 들여다보던 장교들, 꺼져 가는 불에 녹은 눈으로 젖은 작은 텐트들이 시야에서 점점 멀어져 갔다. 길을 잘 알고 있는 큰 남자아이는 초소들을 피해 들판을 가로질렀다.

그런데도 그들은 어쩔 수 없이 유격대 보초 우두머리와 맞닥뜨리고 말았다. 유격대는 수아송의 철도를 따라 난 물이 가득한 도랑에서 두건 달린 방수 외투를 입은 채 쭈그리고 있었다. 이번에도 큰 남자아이가 거짓말을 늘어놓았다. 그러나 통하지 않았다. 남자아이가 한탄하며 떼를 쓰고 있을 때 건널목 관리인의 집에서 연로한 중사 한 명이 나왔다. 스텐 영감처럼 피부가 아주 하얗고 주름이 많았다.

"자! 애들아, 그만 울어라!"

중사가 아이들에게 말했다.

"감자밭으로 가게 해 주마. 하지만 그 전에 들어가서 몸을 좀 녹이렴. 이 녀석은 얼어 버린 것 같구나!"

아아! 꼬마 스텐이 몸을 떤 것은 추위 때문이 아니었다. 두려움과 수치심 때문이었다. 초소에서는 과부의 화로 같은 보잘것없는 불가를 둘러싸고 병사들이 쭈그리고 있었다. 그 불길에다 병사들은 총검에 끼운 비스킷을 녹였다. 아이들에게 자리를 내주려고 병사들이 서로 바싹 붙어 앉았다. 그리고 커피도 조금 주었다. 아이들이 커피를 마시는 동안 한 장교가 문가에 나타났다. 그는 중사를 불러 아주 조그만 목소리로 몇 마디 하더니 금세 사라져 버렸다.

"얘들아!"

중사는 환한 얼굴로 다가오며 말했다.

"오늘 밤 전투가 있을 거다. 프로이센 군의 암호를 알아냈어. 이번에는 우리가 그 빌어먹을 부르제를 탈환할 거야!"

"브라보!"

환호와 웃음소리가 터져 나왔다. 병사들은 춤추며 노래했고 총검을 문질러서 윤을 냈다. 아이들은 그 소란을 피해 빠져나왔다. 참호를 지나자 평원밖에 보이지 않았다. 저 멀리 총안(銃眼)이 뚫려 있는 길고 하얀 성벽이 서 있었다. 그들은 성벽을 향해 걸어갔다. 연신 감자를 줍는 척하면서 걷다 멈추기를 반복했다.

"돌아가자. 거기 가지 말자."

스텐이 보챘지만 큰 남자아이는 어깨를 한 번 으쓱하고는 계속 앞으로 나아갔다. 그때 총을 장전하는 철컹 소리가 들렸다.

"엎드려!"

큰 남자아이가 바닥에 몸을 던지며 말했다. 그는 일단 엎드리더니 휘파람을 불었다. 그러자 다른 휘파람 소리가 눈밭에서 들려왔다. 두 아이는 기어서 앞으로 나아갔다. 성벽 앞 참호에서 더러운 베레모를 쓴 노란 수염의 사내가 나타났다. 큰 아이가 참호 속으로 펄쩍 뛰어 그 프로이센 군 곁으로 갔다.

"내 동생이에요."

큰 아이는 함께 간 꼬마 스텐을 가리키며 말했다. 스텐이 너무 작아서 프로이센 군은 스텐을 보고 웃어 대기 시작했고 스텐을 팔로 안아 참호 위로 올렸다.

성벽의 이편에는 높게 쌓은 커다란 흙더미와 가로놓인 나무들 사이로 눈 속에 검은 구멍들이 나 있었다. 구멍마다 더러운 베레모를 쓴 노란 수염의 군사들이 두 아이가 지나가는 것을 보며 웃었다.

한구석에는 참호로 쓰이는 정원사의 나무 집이 한 채 있었는데 아래층에는 카드놀이를 하거나 커다란 밝은 불 위에서 수프를 만드는 병사들로 가득했다. 양배추와 비계의 맛있는 냄새가 났다. 유격대의 야영지와 어찌나 다른지! 위층에는 장교들이 있었다. 그들이 피아노를 치고 샴페인 마개를 따는 소리가 들렸다. 파리에서 온 두 아이가 들어가자 장교들이 기쁨의 환호로 맞아들였다. 아이들은 가져온 신문을 건넸다. 그러자 아이들에게 마실 것을 부어 주고 말을 시켰다. 장교들은 하나같이 오만하고 못돼 보였다. 큰 남자아이는 기지를 발휘해 부랑배 특유의 어휘로 그들을 재미있게 해 주었다. 프로이센 장교들은 웃어 대며 소년을 따라했고 두 아이가 전해 준 엉망이 된 파리 소식에 희열을 느끼며 무척 즐거워했다.

꼬마 스텐도 무엇이든 말해서 자기가 멍청하지 않다는 것을 증명하고 싶었다. 그러나 뭔가가 그 아이를 불편하게 했다. 스텐의 맞은편에는 다른 이들보다 나이가 많고 진지한 장교가 따로 떨어져 서 있었다. 그는 뭔가를 읽고 있었다. 아니, 그보다는 읽는 척하고 있었다. 그는 스텐에게서 눈을 떼지 않았다. 그 시선에서는 다정함과 질책이 동시에 느껴졌다. 그는 고국에 스텐만 한 자식이 있는 것 같았다. 그는 아마도 이렇게 생각했을 것이다.

'내 아들이 저런 일을 하는 걸 보느니 나는 차라리 죽어 버리고 싶다……'

스텐의 가슴에 누군가 손을 얹어 심장이 뛰지 못하게 막는 것 같았다. 이런 불안에서 벗어나기 위해 스텐은 포도주를 마시기 시작했다. 곧이어 스텐 주위의 모든 것들이 빙글빙글 돌았다. 왁자지껄한 웃음소리 한가운데서 스텐의 친구가 프랑스 의병과 그들의 훈련을 비웃는 소리가 들렸다. 마레의 열병식과 성곽 지대의 야간 경보를 흉내 내는 소리도 어렴풋이 들려왔다. 이어서 큰 아이가 목소리를 낮추자 장교들이 가까이 다가왔으며 그들의 표정이 심각해졌다. 그 비열한 아이는 유격대의 공격을 프로이센 장교들에게 알리는 중이었다. 격분한 꼬마 스텐은 술에서 깨어 벌떡 일어섰다.

"그러지 마, 형…… 난 이러고 싶지 않아."

하지만 큰 아이는 그저 웃을 뿐이었고 이야기를 계속했다. 그 아이가 말을 마치자 모든 장교들이 일어섰다. 그들 중 한 명이 문을 가리키며 두 아이에게 말했다.

"꺼져!"

그러고 나서 그들은 자기들끼리 독일어로 아주 빠르게 얘기하기 시작했다. 큰 아이는 받은 돈을 찰랑거리면서 마치 총독이나 된 듯 자랑스러워하며 밖으로 나갔다. 스텐은 머리를 숙이고 큰 아이를 따라갔다. 스텐을 그토록 거북스럽게 바라보던 프로이센 장교 곁을 지나갈 때 그가 독일어 억양이 강한 프랑스 어로 말하는 구슬픈 목소리가 들렸다.

"옳지 않아, 이건…… 옳지 않아."

스텐의 눈에 눈물이 고였다. 일단 평원에 들어서자 두 아이는 뛰기 시작했고 금세 돌아왔다. 그들의 가방에는 프로이센 군인들이 준 감자가 가득했다. 그 감자들 덕분에 두 아이는 유격대 참호를 가뿐히 통과했다.

프랑스 군 부대에서는 야간 공격을 준비하고 있었다. 군인들이 조용히 도착해서 성곽 뒤로 집결했다. 연로한 중사도 그곳에서 부하들을 배치시키고 있었다. 너무나 행복해 보였다! 두 아이가 지나갈 때 그 중사가 아이들을 알아보고는 선한 미소를 지었다. 오, 그 미소가 꼬마 스텐을 얼마나 힘들게 했는지! 한순간 스텐은 소리를 지르고 싶었다.

'거기로 가지 마세요…… 우리가 아저씨들을 배반했어요.'

하지만 큰 아이가 스텐에게 말했다.

"네가 말하면 우리는 총살당할 거야."

그 두려움이 스텐을 막았다.

라쿠르뇌브에서 두 아이는 돈을 나누기 위해 폐가로 들어갔다. 돈은 정당하게 분배됐다. 헐렁한 옷 속에서 아름다운 은화 소리가 들렸다. 드디어 걀로슈 게임을 할 수 있게 되었다는 생각에 꼬마 스텐은 이제 자신의 범죄가 그다지 끔찍하게 여겨지지 않았다.

하지만 혼자 있게 되자 스텐은 불행해졌다. 큰 아이가 문을 지나 사라지자 스텐의 호주머니가 점점 무거워지기 시작했고 가슴을 조이는 손이 그 어느 때보다도 세게 스텐의 심장을 움켜쥐었다. 파리가 더 이상 예전 같아 보이지 않았다. 지나가는 사람마다 마치 스텐이 어디에 갔다 왔는지 아는 듯 차갑게 노려보는 것 같았다. '간첩'이라는 단어가 바퀴 소음에서, 운하를 따라 훈련하고 있는 군인들의 북소리 속에서 들려왔다. 마침내 스텐은 집에 도착했다. 아버지가 아직 돌아오지 않은 것을 보고 스텐은 크게 안심했다. 스텐은 얼른 방으로 올라가 너무나도 무거워진 은화들을 베개 밑에 숨겼다.

스텐 영감은 그날 집으로 돌아오면서 마음이 평화롭고 즐거웠다. 전시 상황이 나아지고 있다는 소식을 막 들은 터였다. 그 퇴역 군인은 식사를 하면서도 벽에 걸린 자기 총을 바라보았고 그 특유의 선한 웃음을 터뜨리면서 아들에게 말했다.

"얘야, 네가 다 컸다면 너도 프로이센 군과 싸우러 갈 텐데! 그렇지 않니?"

여덟 시쯤 대포 소리가 들렸다.

"오베르빌리에인데……. 부르제에서 전투가 있나 보다."

선량한 스텐 영감이 말했다. 그는 요새들을 전부 다 알고 있었다. 꼬마 스텐은 창백해져서 너무 피곤하다고 핑계를 대며 잠자리에 들러 갔다. 하지만 잠이 오지 않았다. 대포 소리가 여전히 들려왔다.

꼬마 스텐은 유격대가 프로이센 군을 기습하려고 한밤중에 들이닥쳤다가 오히려 함정에 빠지는 모습을 상상해 보았다. 자기에게 미소를 지어 주었던 중사가 눈밭에 뻗어 있는 모습과 또 다른 많은 군인들이 널브러져 있는 모습이 떠올랐다! 그 모든 피의 대가는 지금 자기 베개 밑에 감춰져 있었다. 스텐 씨의 아들, 군인의 아들인 바로 그가……. 스텐은 눈물로 숨이 막혔다. 옆방에서 아버지가 걷는 소리, 창문을 여는 소리가 들렸다. 창문밖 광장에서 소집 사이렌이 울렸고 기동대가 출병을 위해 점호를 하고 있었다. 정말이지, 이건 진짜 전투였다. 불행한 스텐은 흐느낌을 멈출 수가 없었다.

"너, 왜 그러니?"

아버지가 들어오면서 말했다. 스텐은 더 이상 견디지 못하고 침대에서 뛰어내려 아버지 발밑으로 몸을 던졌다. 그 탓에 은화들이 바닥에 굴러떨어졌다.

"이게 뭐냐? 너 도둑질했니?"

연로한 아버지가 부들부들 떨며 말했다. 그러자 꼬마 스텐은 자기가 프로이센 군인들에게 갔던 일이며 거기서 했던 일들을 단숨에 털어놓았다. 스텐은 마음이 점점 자유로워지는 것을 느꼈다. 그는 어느새 자책의 짐에서 벗어났다. 스텐의 아버지는 끔찍한 얼굴로 스텐의 말을 듣고 있었다. 이야기가 끝나자 꼬마 스텐은 두 손에 얼굴을 파묻고 울었다.

"아버지, 아버지!"

아버지는 대답 없이 아이를 밀치고는 돈을 주웠다.

"이게 다냐?"

아버지가 물었다. 꼬마 스텐은 그게 전부라고 끄덕였다. 연로한 퇴역 군인은 자기 총과 탄띠를 벽에서 떼어 내고는 돈을 호주머니에 넣었다.

"알았다. 내가 이 돈을 그들에게 돌려주러 가마."

아버지가 말했다. 그러고는 한마디도 덧붙이지 않고 고개를 돌리지도 않은 채 집을 나서서 밤에 출병하는 기동대에 합류했다. 그 뒤로 스텐은 아버지를 다시는 볼 수 없었다.

# ∞
# 어머니들
## -포위 공격에 대한 회상

그날 아침, 나는 친구이자 센 유격대의 중위인 화가 B를 보러 몽발레리엥(*파리 서쪽 근교에 있는 162미터 높이의 언덕. 1841년에 세운 요새가 자리하고 있음.) 언덕으로 향했다. 마침 그 녀석이 당번병이어서 부대에서 나올 수 없었기 때문이다.

그는 당직 선원처럼 왔다 갔다 하면서 요새의 비밀 문 앞에서 파리와 전쟁 그리고 우리가 사랑하던 고인들에 대해 이야기했다. 유격대 제복을 입고 있어도 여전히 호탕한 떠돌이 화가 티가 났다. 그런데 그가 갑자기 말을 멈추고는 우뚝 서더니 내 팔을 잡으며 아주 조그만 소리로 말했다.

"오, 도미에의 그림처럼 아름다워!"

그의 작은 잿빛 눈이 갑자기 사냥개처럼 변하더니 눈짓으로 존엄해 보이는 실루엣 둘을 가리켰다. 그들은 몽발레리엥 언덕에 막 나타났다.

도미에의 그림이라…… 실제로 그랬다. 나무에 낀 오랜 이 끼처럼 푸르스름한 벨벳 깃이 달린 밤색 긴 프록코트를 입은 남자는 작고 마른 체구였다. 얼굴빛은 몹시 붉고 이마는 패었 으며, 동그란 눈에 올빼미 부리 같은 코를 가진 남자였다. 그 의 머리는 주름진 새처럼 엄숙하면서도 멍청해 보였다. 압권은 꽃무늬 융단으로 된 바구니였다. 바구니 밖으로는 좁은 병 주 둥이가 삐져나와 있었다. 그는 다른 쪽 팔에 통조림을 끼고 있 었다. 5개월간의 파리 봉쇄 기간 동안 파리 시민들이 질리도록 보아 왔던 그 양철 통조림이었다.

그의 아내는 앞이 둥근 거대한 모자를 쓰고 있었고 빈곤함 을 드러내려는 듯 숄이 몸을 꽉 조이고 있었다. 둥근 모자의 색 바랜 주름 장식 사이로 이따금 그녀의 뾰족한 코끝이 보였고 허옇게 세기 시작한 남루한 머리카락도 몇 가닥 보였다.

고원에 도착하자 그 남자는 숨을 돌리고 이마를 닦으려고 멈 춰 섰다. 11월 말의 안개로 덮인 그 고원은 결코 덥지 않았다. 그 들이 너무 빠른 걸음으로 올라왔기에 더운 것이었다. 그러나 부 인은 멈추지 않았다. 비밀 문으로 곧장 걸어가던 그녀는 잠시 멈 칫하며 뭔가 말하려는 듯 우리를 바라보았다. 그러나 장교의 계 급장에 주눅이 들었는지 보초에게 말하는 편을 택했다. 그녀가 파리 유격대 제3연대 6대대 소속인 자기 아들을 보고 싶다고 소 심하게 청하는 소리가 들렸다.

"거기 계세요. 제가 가서 아드님을 불러올게요."

보초가 말했다. 그녀는 아주 기뻐하며 안도의 미소를 띠고 남편에게 몸을 돌렸다. 두 사람은 비탈 가장자리에 가서 앉았다.

그들은 거기서 한참을 기다렸다. 몽발레리엥 언덕은 너무나 컸다. 또 마당과 비스듬한 제방, 보루와 막사, 참호 등으로 무척 복잡했다! 하늘과 땅 사이에 있는 라푸타 섬처럼 구름 한가운데 높이 솟은 이 뒤얽힌 도시에서 6대의 유격대원 한 명을 찾아보라. 그 시간에 요새는 북과 나팔 소리, 뛰는 병사들, 울려 대는 수통들로 가득했다.

교대하는 보초병, 사역, 배급, 유격대가 개머리판으로 때리며 데려온 피투성이의 첩자, 장군에게 항의하러 오는 낭테르(*몽발레리엥과 이웃한 지역.)의 농민들, 신속히 달려오는 파발꾼, 동상 걸린 사람, 흥건히 젖은 짐승, 노새 허리에서 좌우로 흔들리며 병든 어린 양처럼 조용히 신음하는 부상자들과 함께 전진 초소에서 돌아오는 수송 수레들, 피리 소리와 "영차! 영차!" 소리에 맞춰 새로운 대포를 끌어당기는 수병(水兵)들, 빨간색 바지를 입은 양치기가 회초리를 쥐고 샤스포 소총을 멜빵처럼 메고서 몰고 오는 요새의 가축들, 이 모든 것들이 마당을 오가며 서로 교차했고 동방의 상인들이 묵는 숙소의 낮은 문 같은 요새의 비밀 문 아래로 밀려들었다.

'저들이 잊지 않고 우리 아들을 데려오면 좋으련만!'

불쌍한 어머니의 눈은 그렇게 말하고 있었다. 어머니는 오 분마다 일어나 조심스레 입구로 다가가서는 벽에 비스듬히 몸을 대고 앞마당을 들여다보았다. 하지만 자기 아들을 민망하게 할까 봐 두려워서 더 이상 아무것도 물어보지 못했다. 그녀보다 훨씬 더 소심한 남편은 앉은 자리에서 움직이지 않았다. 아내가 가슴 아파하며 낙담한 기색으로 돌아와 앉을 때마다 그는 아내의 조급함을 조롱하면서 멍청한 몸짓으로 군대에서 일어나는 온갖 긴박한 일들에 대해 주절댔다.

상황을 직접 헤아려야 하는 이런 조용하고 사적인 작은 장면들, 거리를 걷다가 스치게 되는 말없는 몸짓들, 한 사람의 성격을 모두 드러내는 일련의 장면들에 나는 늘 호기심이 많았다. 특히 내 마음을 사로잡은 것은 그 부부의 서투름과 순진함이었다. 나는 그들의 모습을 지켜보는 동안 진정으로 감동했다. 그들은 마치 훌륭한 가족 드라마의 온갖 파란을 담고 있는 「세라팽」의 두 주인공처럼 표현이 풍부하고 순수했다.

어느 날 아침, 저 어머니는 이렇게 생각했을 것이다.

'트로쉬 씨가 자꾸 일을 시켜서 너무 지쳐. 우리 아들을 못 본 지 세 달이나 됐는데…… 아들을 보러 가고 싶어.'

매사에 굼뜨고 소심한 남편은 면회 허가를 받기 위한 절차를 생각하다 질겁하여 아내를 설득하려 했을 것이다.

"그런 생각 하지 마, 여보. 몽발레리엥은 아주 멀어. 마차도 없이 거기를 어떻게 가려고 해? 게다가 거긴 요새야! 여자들은 들어갈 수가 없다니까."

"나는 들어갈 거예요."

남편은 아내가 원하는 것은 뭐든지 다 하는 사람이므로 함께 길을 나섰으리라. 그는 그 지역과 시청, 참모부와 경찰서에 들러 발품을 팔았을 테다. 두려움에 땀을 흘리고, 추워서 얼어붙기도 하고, 온갖 데에 부딪히고, 어느 사무실 앞에서 두 시간이나 줄을 섰는데 사무실을 잘못 찾았다는 사실을 깨달아 가면서 말이다. 마침내 저녁이 되어서야 그는 사령관의 허가서를 호주머니에 넣고 돌아왔다.

다음 날 그들은 몹시 춥고 이른 시간에 일어나 등을 켰다. 남편은 딱딱한 빵 조각을 부숴서 데웠지만 아내는 배고프지 않았다. 아내는 부대로 가서 아들과 함께 식사를 하고 싶었다. 그리고 불쌍한 유격대 병사인 아들을 배불리 먹이려고 서둘러 포위 봉쇄 대비 비상식량을 모아 바리바리 가방에 집어넣는다. 초콜릿, 잼, 병에 담긴 고급 포도주, 통조림까지 모두……. 식량이 완전히 떨어졌을 때를 위해 소중히 간직해 두었던 8프랑짜리 통조림이었다.

그들이 성곽 지대에 도착했을 때 문이 막 열렸다. 허가증을 보여 주어야 했다. 병사의 어머니는 두려워했다. 그럴 필요 없는데! 제대로 된 허가증이었으니 말이다.

"통과시켜라!"

담당 장교가 말했다.

그때서야 어머니는 숨을 내쉬었다.

"저 장교는 참 예의 바르네요."

그러고는 자고새처럼 종종걸음을 하며 서둘렀다. 병사의 아버지는 보조를 맞추기가 힘들었다.

"당신 너무 빨리 가고 있어, 여보!"

하지만 그녀는 남편 말을 듣지 않았다. 저 위, 지평선의 뿌연 안개 속에 몽발레리엥이 보였다.

"빨리 오세요. 여기에요."

요새에 도착하자 이제는 새로운 불안이 엄습했다. 사람들이 그 애를 찾아내지 못하면 어쩌나! 그 애가 나오지 못하면 어쩌나!

갑자기 그녀가 부르르 떨며 영감의 팔을 쳤다. 그러고는 벌떡 일어났다. 그녀는 멀리 비밀 문의 둥근 천장 아래에서 아들의 발소리를 들었다. 아들이었다! 아들이 나타나자 요새의 정면이 환하게 빛났다. 그는 정말이지 키 크고 잘생긴 청년이었다! 배낭을 메고 총을 쥔 건장한 청년은 환한 얼굴로 부모에게 다가가더니 남자답고 명랑한 목소리로 말했다.

"안녕, 엄마."

청년의 배낭과 담요, 샤스포 소총 등 모든 것이 어머니의 커다란 둥근 모자에 가려 보이지 않았다. 아버지도 아들을 반겨 주고 싶었지만 좀처럼 기회가 오지 않았다. 아들은 여전히 커다란 둥근 모자에 가려 있었다. 어머니는 아들을 놓아줄 줄을 몰랐다.

"어떻게 지내니? 옷은 단단히 입었니? 빨랫감은?"

둥근 모자챙의 주름 장식 아래서 아들을 머리부터 발끝까지 감싸는 사랑의 시선을 느낄 수 있었다. 퍼부어 대는 입맞춤, 눈물, 작은 웃음들 속에서 말이다. 세 달 동안 밀린 모성애를 한 번에 쏟아 주려는 것 같았다. 아버지도 무척 흥분해 있었지만 티를 내지 않으려 했다. 그는 우리가 자기를 바라보고 있다는 것을 알아채고는 우리 쪽으로 윙크를 날렸는데 마치 "용서하세요. 여자잖아요."라고 말하는 듯했다. 용서라니, 가당치 않았다. 그렇게 즐거워들 하는데 갑자기 나팔 소리가 들려왔다.

"소집 명령이야. 난 이제 가야 해."

아들이 말했다.

"뭐라고! 우리랑 식사 못 하니?"

"못 하고말고! 그럴 수 없어. 저 꼭대기에서 하루 종일 보초를 서야 하거든."

"오!"

불쌍한 여인은 그렇게 내뱉고 나서 더 이상 말을 꺼낼 수가 없었다. 그들 세 사람은 비탄에 잠긴 표정으로 잠시 서로를 바라보았다. 그러고 나서 아버지가 입을 열었다.

"이 통조림이라도 가져가렴."

아버지는 가슴이 찢어지는 것 같은 목소리로 말했다. 맛있는 음식을 향한 자신의 양보가 담긴 뭉클하면서도 코믹한 표정으로 말이다.

아니, 그런데 작별을 하느라 혼란스럽고 흥분해서인지 그 빌어먹을 통조림을 찾을 수가 없었다. 커다란 괴로움에 사소한 가정사가 뒤섞여 버렸지만 그는 부끄러움을 애써 잊으려고 노력했다. 이리저리 통조림을 찾는 손이 흥분으로 부들부들 떨렸다.

"통조림! 통조림이 어디 있지?"

눈물로 뚝뚝 끊어지는 그 목소리를 듣고 있자니 참으로 애처로웠다. 그들은 통조림을 찾아낸 다음 마지막으로 긴 포옹을 나눴다. 아들은 요새로 달려 들어갔다.

그들이 그 식사를 위해 아주 멀리서 왔다는 사실을 기억해 보라. 아들과 큰 잔치를 벌이려던 어머니는 그 때문에 밤새 잠도 못 잤다! 힐끗 엿보다가 급작스레 닫혀 버린 낙원의 한구석처럼 이뤄지지 못한 이 잔치만큼 애석한 일이 또 있을까?

그들은 한동안 떠나지 못했다. 아들이 막 사라진 그 비밀 문에서 시선을 떼지 못한 채 같은 자리에서 멍하니 있었다. 마침내 남편이 몸을 움직이며 두세 차례 아주 용감하게 기침을 했다. 그가 이번에는 아주 자신 있는 목소리로 말했다.

"자! 여보, 돌아갑시다!"

그는 무척 쾌활하게 말했다. 그러고 나더니 우리에게 정중히 인사하고는 아내의 팔을 잡아끌었다. 나는 눈으로 길모퉁이까지 그들을 쫓았다. 절망스러운 몸짓으로 바구니를 흔들어 대는 걸 보니 아버지는 격앙된 듯했다. 반면 어머니는 차분해 보였다. 그녀는 고개를 숙이고 팔을 몸에 붙이고서 남편을 따라 걸었다. 그러나 그녀의 좁은 어깨 위에서 숄이 자꾸만 부르르 떨리는 것 같았다.

# 나룻배

전쟁이 일어나기 전에 아주 아름다운 현수교가 하나 있었다. 하얀 돌로 된 두 개의 높은 기둥과 타르 칠을 한 밧줄이 센 강의 수평선 위로 길게 뻗어 있어서 마치 공중에 떠 있는 것처럼 보였다. 풍선과 선박들 덕에 현수교는 더욱 아름다웠다. 현수교 중앙의 커다란 아치 아래로 연기를 뿜어 대는 수송선이 하루에 두 차례씩 통과했다. 수송선은 도관을 낮출 필요도 없었다. 현수교 양옆으로는 빨래 방망이와 세탁부들의 나무 의자들, 고리로 붙들어 매 놓은 작은 낚싯배들이 보였다. 풀밭은 커다란 초록빛 장막처럼 차가운 강바람에 나부꼈다. 그 사이로 미루나무 길이 현수교까지 이어져 있었다. 매혹적인 풍경이었다.

그런데 올해는 모든 것이 바뀌었다. 미루나무들은 여전했지만 텅 빈 곳으로 이어졌다. 현수교는 사라지고 없었다. 두 개의 기둥은 폭파되어 주위에 돌들을 온통 흩뜨려 놓았다. 작고 하얀 통행료 징수소는 폭발의 요동 때문에 반쯤 파괴되어 담이건 잔해건 이제 막 폐허가 된 듯한 모습이었다. 밧줄과 쇠줄은 처량하게 물에 잠겨 있었다. 모래 속에 내려앉은 현수교 바닥은 마치 선원들에게 경고하기 위해 빨간 깃발을 내건 난파선의 커다란 잔재 같았다. 잘려진 풀과 곰팡이 슨 나무판자 등 센 강물이 실어 온 모든 것들이 소용돌이를 일으키며 그곳에 쌓였다. 폐허가 된 풍경을 보니 마치 재난이 휩쓸고 지나간 것 같았다. 다리로 이어지는 가로수 길이 훤히 트여서 지평선이 무척 쓸쓸해 보였다. 그토록 울창하던 아름다운 미루나무들이 꼭대기까지 벌레들에 파 먹혀서―그 나무들 또한 나름대로 침공을 받은 것이다.―싹도 없이 가늘고 너덜너덜한 가지들을 뻗고 있었다. 더 이상 필요가 없어진 황량한 대로에는 크고 흰 나비들이 무겁게 날고 있었다.

사람들은 다리가 다시 건축되기를 기다리며 그 근처에다 나룻배를 띄웠다. 잘 매어 놓은 마차와 경작용 말들, 쟁기, 평온한 시절을 보내다가 물살을 보고서 눈이 휘둥그레진 암소들을 실어 나르는 커다란 배였다.

가축과 멍에가 배 한가운데 자리 잡았다. 가장자리에는 승객들과 농민들, 학교에 가는 아이들, 휴양 중인 파리 사람들이 자리했다. 돛과 로프가 말을 묶은 줄 곁에서 펄럭였다. 마치 난파된 사람들의 뗏목 같았다. 나룻배가 천천히 전진했다. 건너는

데 오랜 시간이 걸리는 센 강(*파리 시내 한가운데를 관통하는 센 강은 폭이 좁지만 파리를 벗어나면 흐르는 지점에 따라 폭이 아주 넓기도 함.)은 예전보다 훨씬 더 넓어진 것 같았다. 무너진 다리의 폐허 뒤로 이제는 영영 떨어져 버린 두 강기슭이 보였다. 그 사이로 서글프고 장엄한 수평선이 뻗어 있었다.

그날 아침, 나는 강을 건너기 위해 아주 일찍 도착했다. 강변에는 아직 아무도 없었다. 축축한 모래 속에 움직이지 못하게 고정시킨 낡은 객차가 보였다. 뱃사공이 사는 곳이었다. 뱃사공의 집은 안개로 아주 흥건해진 채 닫혀 있었다. 그 안에서 기침을 하는 아이들의 소리가 들렸다.

"어이, 으젠!"

"나가요, 나가!"

뱃사공이 어슬렁어슬렁 나오며 말했다. 그는 꽤 젊고 잘생긴 뱃사람이었다. 그는 지난 전쟁에서 포병으로 복무했는데 다리에 포탄 파편을 맞아 류머티즘에 걸렸고 거동이 힘들어졌다. 얼굴도 온통 흉터투성이가 되어 돌아왔다. 그 선량한 사람이 나를 보고는 미소 지었다.

"오늘 아침에는 불편하지 않을 겁니다, 나리."

실제로 그 나룻배에 승객이라곤 나 혼자였다. 하지만 뱃사공이 밧줄을 풀기도 전에 사람들이 합류했다. 제일 먼저 나타난 사람은 맑은 눈을 가진 뚱뚱한 여자 농부였는데, 코르베이으 시장에 가느라 커다란 광주리 두 개를 양팔에 끼고 있었다. 그 광주리들 덕분에 자신의 투박한 몸매를 지탱하며 꼿꼿하고 똑바르게 걸을 수 있었다. 그녀 뒤편에 난 폭 팬 길 위로 다른 승객들이 안개 속에서 희미하게 보였다. 여인의 목소리가 들렸다. 그녀의 부드러운 목소리는 눈물에 푹 젖어 있었다.

"오! 샤쉬뇨 씨, 제발…… 우리를 힘들게 하지 마세요. 그이가 이제 일한다는 것을 아시잖아요. 그이에게 갚을 시간을 좀 주세요. 그이가 원하는 거라곤 오직 그것뿐입니다."

"이미 시간은 충분히 줬는데…… 그럼 좀 더 시간을 주지."

이가 빠진 늙은 농부의 냉혹한 목소리가 대답했다.

"이제는 집달리가 이 일을 처리할 거요. 집달리는 거침이 없는 사람이지. 어이, 으젠!"

"그 비열한 샤쉬뇨입니다."

뱃사공이 조그만 소리로 내게 말했다.

"갑니다, 가요!"

그때 거친 천으로 된 프록코트를 입고 아주 기다란 비단 모자를 쓴 괴상한 차림의 키 큰 노인이 강가에 서 있는 게 눈에 들어왔다. 볕에 그을려 피부가 쩍쩍 갈라진 그 농부는 뼈마디가 곡괭이질로 어그러진 굵은 손을 갖고 있었다. 신사복을 걸친 그는 훨씬 더 검고 그을어 보였다. 아파치 인디언 같은 갈고리 모양의 큰 코와 심술이 가득한 주름이 두드러진 고집불통의 얼굴은 '샤쉬뇨'라는 이름에 잘 어울렸다.

"자, 으젠. 빨리 출발하세."

그는 나룻배에 펄쩍 뛰어오르며 말했다. 그의 목소리는 분노로 떨리고 있었다. 뱃사공이 밧줄을 푸는 동안 한 여자 농부가 그에게 다가갔다.

"누구에게 원한이 있으신가요, 샤쉬뇨 영감님?"

"저런! 라 블랑슈, 너구나. 말도 꺼내지 마라. 너무 화가 나니까. 저 비렁뱅이 같은 마질리에 집안 놈들 때문이다!"

샤쉬뇨는 파인 길로 흐느끼며 올라가는 작고 연약한 그림자를 주먹으로 가리켰다.

"그 사람들이 영감님에게 어떻게 했는데요?"

"그놈들은 네 번이나 임대료를 안 냈고, 내 포도주 값을 전혀 치르지 않았지. 나는 한 푼도 받지 못했다! 나는 이 길로 집달리한테 가서 그 비렁뱅이들을 거리로 죄다 내쫓게 할 거다."

"하지만 마질리에 씨는 선량한 사람인데요. 그 사람이 영감님에게 갚지 못하고 있는 것은 아마도 그의 잘못이 아닐 거예요. 전쟁 동안 재산을 잃은 사람이 너무나 많잖아요."

그러자 늙은 농사꾼이 화를 터뜨렸다.

"머엉청한 놈이지! 프로이센 사람들과 결탁하여 한 재산 모을 수도 있었는데 그자는 원하지 않았어. 프로이센 군이 도착하던 날 마질리에는 자기네 선술집을 닫아 버리고 간판도 떼어 버렸지. 다른 카페 주인들은 전쟁 동안 큰돈을 벌었는데 그 작자는 그동안 단 한 푼어치도 팔지 않았어. 설상가상으로 그 작자는 오만하다는 이유로 감옥까지 가게 되었지. 정말이지 머엉청하다니까! 전쟁 때문에 생긴 그 모든 일들이 그 작자랑 무슨 상관이야? 그 작자가 군인이었나? 그 작자는 단골 손님에게 포도주와 증류주를 공급하기만 하면 되는 거였어. 그러면 지금 나한테 돈을 갚을 수 있었을 테지. 불한당 같은 놈, 두고 봐! 내가 진정한 애국이 뭔지 가르쳐 줄 테다!"

그러더니 그는 분노로 얼굴이 상기되었다. 그는 큰 프록코트를 입고 있으면서도 올 굵은 작업복에 익숙한 시골 사람 특유의 우둔한 동작을 해 가며 미쳐 날뛰었다. 그가 말을 이어 가자 방금 전까지 마질리에 가족에 대한 연민으로 가득했던 여자 농부의 맑은 눈이 냉정해지더니 거의 경멸하는 기색이 되었다. 농부들은 돈 버는 일을 거부하는 사람들을 그다지 좋게 여기지 않았다. 그녀는 "그 아내가 참 안됐네요."라고 말하더니 잠시 후 "네, 맞아요! 기회 앞에서 등을 돌려서는 안 되죠."라고 말했다. 그녀는 "영감님, 영감님 말이 맞아요. 빚을 졌으면 갚아야죠."라고 결론 내렸다. 샤쉬뇨는 앙다문 이빨 사이로 여전히 되풀이했다.

"머엉청한 놈이야! 머엉청한 놈!"

노를 저으면서 그들의 말을 듣고 있던 뱃사공은 그 대화에 끼어야만 할 것 같아서 말을 꺼냈다.

"그렇게 가혹하게 하지 마세요, 샤쉬뇨 영감님. 집달리를 찾아 간다고 영감님에게 득이 될 게 뭐가 있나요? 그 불쌍한 사람들이 장사를 할 수 있도록 놔두면 돈을 더 빨리 받으실 텐데요.

그러니 좀 더 기다려 보세요. 돈 받을 수단이 생길 때까지요."

노인은 마치 누가 자기를 물기라도 한 듯 뒤돌더니 말했다.

"너한테 충고 하나 하지, 이 쓸모없는 놈아! 너도 아직 그 애국자들 중 하나라지? 게다가 애는 다섯이나 되고 돈도 한 푼 없는데 기꺼이 자원해서 대포를 쏘러 간다면서? 제가 뭐 좀 묻겠습니다, 나리. ─나한테 묻는 건가 보다, 제길!─ 그 모든 게 도대체 무슨 소용이란 말입니까? 예를 들어 저자는 거기서 얼굴이나 다치고 갖고 있던 좋은 직업도 잃고는 보헤미안처럼 사방으로 바람을 맞는 가건물에서 불쌍한 자식들과 빨래하느라 지쳐 빠진 아내와 살고 있잖은가 말입니다. 저자 또한 머엉청한 놈 아닙니까?"

뱃사공의 얼굴이 분노로 번득였다. 그의 창백한 얼굴 한가운데 자리 잡은 하얗게 팬 깊은 흉터가 보였다. 그러나 그는 자제력이 있었다. 그는 격분을 실은 노를 모래 속에 깊숙이 꽂고 비틀었다. 한마디만 더 했다가는 뱃사공 자리조차 잃을 수 있었다. 왜냐하면 샤쉬뇨 씨는 그 고장에서 큰 권위를 갖고 있었기 때문이다. 샤쉬뇨 씨는 시의회에 속해 있었다.

# 마지막 책

"그가 죽었어요!"

누군가 계단에서 내게 말했다. 나는 이미 며칠 전부터 그 불길한 소식이 당도하리라는 것을 알고 있었다. 바로 이 문에서 그 소식을 듣게 되리라는 것도 말이다. 그런데도 그 소식은 마치 예기치 않았던 것처럼 나를 충격에 빠뜨렸다.

나는 비통한 마음을 안고 입술을 부르르 떨면서 작가의 거처다운 허름한 집으로 들어갔다. 서재가 가장 큰 자리를 차지하고 있었다. 덕분에 안락하고 밝은 그 집을 '학문'이란 녀석이 폭군처럼 온통 장악한 것 같았다.

그는 아주 낮은 철 침대에 누워 있었다. 종이들이 가득 차 있는 탁자, 페이지 한가운데서 멈춘 그의 커다란 글씨, 잉크통에 아직도 꽂혀 있는 펜은 죽음이 그를 얼마나 급작스레 덮쳤는지 말해 주고 있었다. 침대 뒤에는 원고들과 아무짝에도 소용없는 서류들이 삐져나온 키 큰 떡갈나무 장롱이 그의 머리맡을 향해 벌어져 있었다.

주위에는 온통 책, 책…… 그저 책들뿐이었다. 선반과 의자, 책상 위, 방바닥 여기저기, 심지어 침대 다리에도 책들이 쌓여 있었다. 그가 책상에 앉아서 글을 쓰고 있을 때면 그 혼잡하고 먼지 없는 난장판이 그의 눈을 즐겁게 해 주었을 것이다. 거기서 삶과 작업의 활기를 만끽했을 테니까. 하지만 고인이 있는 방은 무척 음산했다. 그 불쌍한 책더미들은 모두 무너져서 마치 떠날 준비가 돼 있는 듯 보였다. 큰 도서관에 꽂히거나 판매될 그 책들을 강변이나 진열대에서 다시 만나게 될 테다. 지나가던 바람 혹은 빈둥거리는 산책자가 그 책장을 넘기곤 하리라.

나는 침대에 있는 그에게 다가가 이마에 입을 맞췄다. 돌처럼 차갑고 무거운 그의 이마가 닿자 나는 몹시 충격을 받았다. 나는 그대로 서서 그를 바라보았다. 그때 갑자기 문이 열렸다. 서점 점원이 짐을 잔뜩 싣고 숨을 헐떡거리며 쾌활하게 들어왔다. 그는 탁자 위에 책 한 상자를 올려 놓았다. 인쇄소에서 막 나온 신간이었다.

"바슐랭 출판사에서 보낸 겁니다."

서점 점원은 그렇게 소리쳤다. 그러고 나서 침대를 보고는 뒤로 물러나더니 모자를 벗고 조심스레 자리를 떴다.

끔찍하게 역설적이었다. 그토록 안달하며 기다리던 책을 고인이 되고 나서야 받게 되다니 말이다. 불쌍한 친구! 그것은 그의 마지막 책, 그가 가장 기대하던 책이었다. 열병으로 떨리던 손으로 얼마나 세심하게 공을 들여 교정쇄들을 수정했던가! 첫 인쇄본을 받게 되기를 얼마나 초조히 기다렸던가!

죽기 전 마지막 며칠 동안 그는 말조차 할 수 없었지만 그의 시선은 문에 고정돼 있었다. 인쇄업자와 조판 담당자, 제본공…… 고인의 작품을 위해 고용된 그 모든 사람들이 그의 불안과 기대에 찬 시선을 볼 수 있었더라면 좀 더 서둘렀을 것이고 글자들은 잘 인쇄되었을 테며, 낱장들은 책으로 제본되어 제때에, 즉 하루 일찍 도착하여 죽어 가던 그 작가에게 기쁨을 주었을 텐데. 점점 멀어지고 흐려지던 의식이 새 책의 향기와 활자의 선명함을 마주하며 완전히 신선하게 깨어나는 기쁨 말이다.

한창 팔팔할 때도 작가에게는 결코 싫증 나지 않는 행복이 있었다. 자기 작품의 첫 인쇄본을 펼쳐 보는 일, 어수선하고 부글부글 끓는 생각에서 벗어나 인쇄된 책을 뚫어져라 바라보는 일은 얼마나 감미로웠는지 모른다! 당신이 아주 젊다면 그것은 당신에게 눈부신 일일 것이다. 글자들이 파랑, 노랑으로 길게 이어지면서 번쩍거린다. 마치 머리에 햇볕을 잔뜩 받고 있는 것처럼 말이다. 나중에는 저자로서 느끼는 기쁨에 슬픔이 약간 섞인다. 말하고 싶었던 것을 다 담지 못했다는 아쉬움 때문이다. 자기 안에 지닌 작품은 이미 만들어진 작품보다 언제나 더 아름다우니까. 머리에서 손으로 이어지는 여정에서 너무나 많은 것들을 잃게 된다! 머릿속에서는 지중해에 떠다니는 해파리처럼 아름답던 생각들이 막상 책이라는 실체가 되어 나오면 그저 약간의 물, 바람에 쉽사리 말라 버리는 퇴색한 물 몇 방울일 뿐인 것이다.

아아! 그 불쌍한 녀석은 자신의 마지막 작품을 통해 그런 기쁨도 환멸도 느껴 보지 못한 것이다. 그의 책은 조만간 진열장에 꽂혀서 거리의 소음과 낮의 일상에 뒤섞일 것이다. 행인들은 그 제목을 기계적으로 읽게 될 테고 더불어 저자의 이름도 그들의 기억 속에, 눈 깊숙한 곳에 담아 갈 것이다. 시청의 서글픈 부고란에 오르게 될 그 이름 말이다. 신간을 곁에 두고 베개 위에 뉘인 생기 없고 무거운 그의 머리를 보게 되다니 애석한 일이었다. 영혼과 육체 사이의 관계가 거기서 온전히 드러나는 것 같았다. 가시적이고 살아 숨 쉬며 어쩌면 불멸할지도 모를 그의 책이 곧 매장되어 잊혀질 뻣뻣한 몸에서 떨어져 나온 것이다! 마치 영혼처럼 말이다.

"나한테 한 권 준다고 약속했는데……."

가까이서 눈물에 젖은 작은 목소리가 들렸다. 나는 돌아보았다. 금테 안경 뒤로 활기 넘치는 작은 눈이 보였다. 아주 익숙한 눈, 글 쓰는 사람이라면 모두 알고 있는 염탐의 눈빛이었다.

그는 책 애호가였다. 당신의 책이 출간되면 즉시 당신 집을 찾아와서 소심하면서도 집요하게 문을 두드리는 그런 사람이었다. 그는 미소를 띠며 구부정하게 들어와서는 당신 주위에서 안절부절못하며 당신을 "친애하는 선생님"이라고 부르고 당신의 신간을 받고서야 돌아갈 사람이었다. 오로지 그 신간만! 그는 이미 다른 책들을 모두 갖고 있다. 없는 거라곤 그 신간뿐이다. 그러니 어떻게 거절할 수 있겠는가? 그는 제시간에 딱 맞춰 도착할 것이다. 그는 앞서 말했던 그 기쁨에 사로잡혀 책을 발송하고 증정하는 일에 빠진 당신을 너무나 잘 다룰 줄 안다. 아! 그 무엇으로도 물러나게 할 수 없는 끔찍하게 형편없는 인간! 감춰진 문도, 냉랭한 대접도, 바람도, 비도, 아무리 먼 거리도 그를 막지 못한다. 아침이면 라 퐁프 가(街)에서 '파시의 족장(*'파시'라는 동네에 살던 빅토르 위고를 가리킴.)'의 집의 작은 문을 조심스레 두드리는 그를 볼 수 있었고, 저녁이면 그가 사르두(*프랑스의 극작가.)의 새 희곡을 팔에 끼고서 마를리에서 돌아오는 모습을 볼 수 있었다. 언제나 종종걸음으로 책을 구걸하러 다니는 그는 아무것도 하지 않으면서도 자신의 삶을 채우고 책값을 지불하지 않으면서도 자신의 서재를 채워 갔다. 이렇게 고인의 침상까지 찾아 온 걸 보니 책에 대한 열정이 아주 남다른 애호가인 것 같았다.

"자, 한 권 가져가시오."

나는 짜증을 내며 그에게 말했다. 그는 책을 삼키듯이 받았다. 그러더니 그 책을 호주머니 깊숙이 집어넣고는 미동도 않고 말도 없이 고개를 옆으로 기울인 채 가만있었다. 그는 측은해하는 표정으로 자기 안경을 닦았다.

그는 뭘 기다리고 있던 걸까? 무엇 때문에 가지 않고 거기 있던 걸까? 어쩌면 약간의 수치심 때문이었을까? 오로지 그 책 때문에 이곳에 온 탓에 당장 떠나기가 민망해서? 천만에! 그렇지 않았다! 탁자 위에 포장지가 반쯤 벗겨진 몇 권의 애호가 한정판이 있었기 때문이다. 책 가장자리가 두껍고 재단되어 있지 않으며(*예전에는 책 가장자리가 재단되지 않고 접힌 채로 판매되는 경우가 많았음.), 여백이 넓고 꽃문양과 장식 삽화가 있는 판본이었다. 명상에 잠긴 듯했지만 그의 시선, 그의 생각은 온통 거기에 가 있었다. 그 딱한 인간은 그 책을 향해 탐욕의 시선을 보내고 있었다!

어쨌든 바로 그런 것이 관찰 편벽증이다! 나 또한 애초의 흥분 상태에서 벗어나 고인의 침대맡에서 벌어지는 그 딱하고 작은 코미디를 눈물 사이로 쫓고 있었다.

그 책 애호가는 눈에 띄지 않게 조금씩 몸을 움직이면서 천천히 탁자로 다가갔다. 그는 마치 우연인 듯 그 책들 중 한 권에 손을 얹었다. 그는 그 책을 뒤집어 펼쳤다. 그러고는 종이를 손으로 문질러 보았다. 그의 눈이 반짝였고 피가 뺨으로 몰렸다. 책의 마법에 걸린 것이다. 결국 그는 더 이상 버티지 못하고 한 권을 집었다.

"이건 생트-뵈브 씨에게 갖다 드려야겠군요."

그가 내게 조그만 목소리로 말했다. 그는 열에 들떠 흥분해 있었다. 그는 책을 뺏길까 두려워서, 그 책이 생트-뵈브 씨를

위해서라는 것을 내게 설득하기 위해 뭐라 형언할 수 없는 점잔
떠는 억양으로 아주 엄숙하게 덧붙였다.

"프랑스 학술원의……."

그러고는 떠나 버렸다.

## 붉은 자고새의 놀람

우리 자고새들은 무리를 지어 다니고 파인 밭고랑에다 함께 둥지를 틀며, 조금이라도 위험한 징후가 보이면 날아올라 사람들이 뿌리는 씨앗 한 줌처럼 대번에 흩어진다. 자고새 집단은 명랑하고 그 수가 많으며, 큰 숲 가장자리의 평원에 살아서 숲과 평원 양쪽의 노획물과 훌륭한 피난처들을 갖고 있다. 깃털도 풍성한 데다 배불리 먹고 자란 나는 날 줄 알게 된 이래 사는 것이 아주 행복했다.

그런 나를 불안에 떨게 만든 것은 바로 악명 높은 '사냥'이었다. 우리네 어머니들은 그것에 관해 자기들끼리 아주 조그만 소리로 떠들기 시작했다. 우리 무리 중 한 연장자는 나에게 늘 이렇게 말하곤 했다.

"걱정 마라, 루제."

마가목 열매 색깔인 부리와 발 때문에 내 이름은 루제(*'루제'라는 이름은 프랑스 어에서 '빨간색'을 뜻하는 'Rouge'와 철자가 거의 비슷함.)다.

"사냥이 시작되는 날, 내가 너를 데리고 갈게. 확신컨대 아무일도 없을 거야."

그는 가슴에 뚜렷한 말굽 무늬가 있고 벌써 하얀 깃털 몇 개가 군데군데 난 늙은 수컷 자고새였다. 그는 무척 꾀바르면서도 조심성이 많았다. 그는 아주 젊었을 때 날개에 산탄 조각을 맞은 적이 있었다. 그 탓에 몸이 둔해져서 날아오르기 전에 꼭 신중히 생각했고 시간을 충분히 들였다. 그는 숲 입구까지 나를 자주 데려가곤 했다. 거기에는 이상한 작은 집이 한 채 있었다. 그 집은 밤나무 사이에 자리했고 텅 비어 있는 땅굴처럼 조용했으며 언제나 닫혀 있었다.

"이 집을 잘 보렴, 꼬마야."

늙은 자고새가 내게 말했다.

"이 집 지붕에서 연기가 피어오르고 대문과 창문이 열리면 우리에게 나쁜 일이 생길 거다."

나는 그 집 문이 열리는 것이 이번이 처음이 아님을 잘 알고 있었고 그래서 나는 그의 말을 믿었다. 그러던 어느 날 새벽, 누군가 밭고랑에서 아주 작은 소리로 나를 불렀다.

"루제! 루제!"

바로 늙은 자고새였다. 그는 휘둥그레진 눈으로 말했다.

"빨리 오렴. 그리고 나처럼 해 봐."

나는 반쯤 잠에 취한 채 흙더미 사이에 파묻혀서 생쥐처럼 기어 그를 쫓아갔다. 우리는 숲 쪽으로 갔다. 지나가다가 보니 그 작은 집의 굴뚝에서 연기가 났고 창문은 빛으로 환했으며, 열린 문 앞에는 사냥꾼들이 무장한 차림으로 펄쩍펄쩍 뛰는 개들에 둘러싸여 있었다. 우리가 지나가자 사냥꾼 중 한 명이 소리쳤다.

"오늘 오전에는 들판에서 사냥하고 점심을 먹은 뒤에는 숲에서 사냥합시다."

그제야 나는 늙은 자고새가 왜 나를 키 큰 나무 아래로 데려왔는지 깨달았다. 안 그래도 두근대는 가슴이 불쌍한 내 친구들을 떠올리니 더욱 쿵쾅거렸다. 숲 근처에 거의 다 왔을 때 사냥개들이 우리 쪽으로 빠르게 달려오기 시작했다.

"바닥에 엎드려! 엎드리라니까!"

늙은 자고새가 몸을 낮추면서 내게 말했다. 그때 열 걸음쯤 떨어진 곳에서 겁에 질린 메추라기가 아주 커다란 날개를 펼치더니 두려움에 울부짖으며 날아올랐다. 이어서 어마어마한 소리가 들렸다. 이제 겨우 동이 텄을 뿐인데 아주 하얗고 뜨거운 먼지가 피어올랐다. 이상한 냄새도 났다. 나는 너무 두려워서 달릴 수가 없었다. 다행히도 우리는 숲으로 들어갔다. 내 친구는 작은 떡갈나무 뒤에 쪼그렸고 나는 그 곁으로 가서 자리했다. 우리는 나뭇잎 사이로 밖을 내다보면서 숨어 있었다.

들판에서는 끔찍한 일제 사격이 있었다. 총성이 들릴 때마다 나는 정신이 아찔해져서 눈을 감았다. 마침내 눈을 떴을 때 넓은 들판은 헐벗어 있었다. 사냥개들은 뛰어다니며 풀잎과 낟가리 속을 샅샅이 뒤졌고 미친 것처럼 빙빙 돌기도 했다. 그 뒤에서는 사냥꾼들이 욕을 지껄이며 개들을 불렀다. 총들이 햇빛에 반짝였다. 한순간, 연기구름 속에 흩어져 날아다니는 작은 이파리 같은 것을 본 것 같았다. 주위에 나무라고는 한 그루도 없는데 말이다. 내 친구인 늙은 자고새가 그게 깃털들이라고 말해 주었다. 백 걸음쯤 떨어진 밭고랑에 멋진 회색 자고새 한 마리가 피흘리는 머리를 처박고 떨어져 있었다.

뜨거운 태양이 하늘 높이 떠 있을 때 돌연 충격이 멈추었다. 사냥꾼들이 작은 집으로 돌아왔다. 장작이 큰 불꽃을 일으키며 활활 타들어 갔다. 그들은 총을 어깨에 메고 잡담을 나누었다. 개들은 녹초가 되어 혀를 내밀고 그 뒤에 앉아 있었다.

"저들은 점심을 먹을 거야. 우리도 식사를 하자."

내 친구가 말했다. 우리는 숲과 아주 가까운 메밀밭으로 들어갔다. 하얗고 검으며 꽃과 알곡이 어우러지고 아몬드 냄새가 나는 밭이었다. 금빛을 띤 적갈색 깃털의 아름다운 꿩들이 거기서 메밀을 콕콕 쪼고 있었다. 그들도 자기네가 보일까 봐 두려워서 붉은색 볏을 숙이고 있었다. 아! 그들은 평소보다 자부심이 덜했다. 그들은 메밀을 먹으면서 우리에게 소식을 물었다. 꿩 한 마리가 쓰러지지 않았는지 말이다. 그러는 동안 처음에는 조용하던 사냥꾼들의 점심 식사가 점점 시끄러워졌다. 컵들이 부딪히고 병마개가 뽑히는 소리가 들렸다. 늙은 자고새는 돌아가야 할 때라고 생각했다.

그 시간에 숲은 잠을 자는 것만 같았다. 노루들이 물을 마시러 오던 작은 늪에서는 그 어떤 혀 놀림도 볼 수 없었다. 사육장의 백리향을 뜯는 토끼 역시 한 마리도 없었다. 그저 알 수 없는 가벼운 떨림만 느껴졌다. 마치 나뭇잎마다, 풀잎마다 위협당하는 동물들이 숨어 있는 것 같았다.

숲 속 사냥감들은 숨을 데가 아주 많았다. 땅굴, 덤불숲, 나뭇단, 가시덤불, 도랑 등…… 숲 속의 그 작은 도랑들은 비가 오고 난 뒤면 물을 아주 오래 간직했다. 차라리 그런 도랑 깊숙이 들어갔다면 좋으련만. 그러나 내 친구는 넓고 시야가 툭 트인 바깥을 좋아했다.

그때 불길한 기운이 엄습했다. 사냥꾼들이 숲 아래 도달한 것이다. 오! 숲에서의 그 첫 번째 충격, 4월의 우박처럼 나뭇잎을 뚫어 버리고 나무껍질에 자국을 남긴 그 충격을 나는 결코 잊지 못하리라. 토끼 한 마리가 발톱으로 풀잎을 헤치며 도망쳤다. 다람쥐 한 마리가 아직 덜 익은 밤들을 떨어뜨리면서 밤나무에서 굴러떨어졌다. 숲에 사는 모든 것들을 흔들어 깨우고 오싹하게 만든 그 충격 때문에 커다란 꿩들이 두세 차례 무겁게 날아올랐고, 낮게 달린 나뭇가지와 마른 잎들 속에서 야단법석이 일었다.

들쥐들이 자기네 구멍 속으로 기어들었다. 우리가 쪼그리고 있던 나무의 움푹 파인 곳에서 사슴벌레 한 마리가 나왔다. 사슴벌레는 멍청하고 커다란 눈을 공포로 치뜨며 눈동자를 굴렸다. 이어서 잠자리, 뒤영벌, 나비, 불쌍한 작은 짐승들이 사방에서 질겁했다. 내 부리 아주 가까이로 다가와서 앉은 진홍색 날개의 메뚜기까지 말이다. 잔뜩 공포에 질린 나는 두려움에 가만히 있는 메뚜기를 잡아먹을 생각도 못 했다.

하지만 늙은 자고새는 여전히 차분했다. 개 짖는 소리와 총격에 잔뜩 주의를 기울이고 있던 그는 소리들이 가까워지면 내게 신호를 보냈다. 덕분에 우리는 좀 더 멀리, 사냥개들이 닿지 않는 곳으로 가서 이파리로 몸을 숨길 수 있었다. 그럼에도 불구하고 우리는 죽을 위기에 처한 적이 한 번 있었다.

우리가 통과해야 했던 길 양쪽에는 매복한 사냥꾼들이 지키고 있었다. 한쪽에는 시커먼 구레나룻을 기른 건장한 남자가 있었다. 그는 무릎까지 고리를 채워서 그의 덩치가 더욱 크게 보이도록 높은 각반을 차고 있었다. 그가 움직일 때마다 사냥칼, 탄띠, 화약통 등이 소리를 냈다. 다른 쪽 끝에는 나무에 기댄 작은 노인이 나른한 듯 반쯤 눈을 감고서 평화로이 파이프 담배를 피우고 있었다. 그 노인은 무섭지 않았다. 하지만 저쪽의 커다란 사내는······.

"너는 아무것도 모르는구나, 루제."

내 친구가 웃으면서 말했다. 그러고는 두려워하지 않고 날개를 활짝 펴고서 구레나룻을 기른 무시무시한 사냥꾼의 무릎 가까이까지 날아갔다. 그 불쌍한 사내는 온갖 사냥 도구에 옭매어 있었고 머리끝에서 발끝까지 자기도취에 푹 빠져 있었다. 그가 총을 들어 어깨에 댔을 때 우리는 이미 사정권 밖이었다. 아! 그 사냥꾼들은 숲 한구석에 자기네끼리만 있다고 믿고 있었겠지만 얼마나 많은 작은 눈들이 덤불 속에서 그들을 살폈는지 모른다. 또 얼마나 많은 작고 뾰족한 부리들이 서투른 사냥꾼들을 보고 웃음을 참았는지!

우리는 계속해서 전진했다. 내 늙은 동료를 쫓아가는 것 외에 달리 방법이 없었으므로 나는 그가 날개를 파닥이면 함께 날개를 폈고 그가 멈추면 즉각 날개를 접고 움직이지 않았다.

우리가 지나온 곳들이 아직도 눈에 선하다. 노란 나무 밑 땅속에 둥지를 잔뜩 갖고 있던 분홍빛 뇌조 무리, 죽음이 숨겨져 있을 것만 같던 커다란 떡갈나무 숲, 내 어머니 '페르드리'가 우리 형제들을 데리고 5월의 태양 아래서 숱하게 산책했던 그 작고 푸른 가로수 길…… 그 가로수 길에서 우리는 발 위로 기어오르는 붉은 개미들을 쪼면서 펄쩍펄쩍 뛰었고 암탉처럼 둔하고 겉멋이 든 작은 꿩들과 마주치곤 했다. 하지만 그 꿩들은 우리와 함께 놀고 싶어 하지 않았다.

내가 그 작은 가로수 길을 꿈결처럼 바라보고 있을 때 암사슴 한 마리가 그 길을 가로질러 갔다. 가늘고 긴 다리와 커다랗게 뜬 눈으로 언제든 뛰어오를 준비가 돼 있는 암사슴이었다. 그

다음에는 늪이 나타났다. 우리 자고새들은 열다섯 또는 서른 마리씩 무리를 지어 이 늪으로 모여들곤 했다. 들판에서 날아오르면 금방 늪에 도착했다. 우리는 함께 샘물을 마셨다. 그때마다 작은 물방울들이 튀어 올라 우리의 빛나는 깃털 위에서 굴렀다. 그 늪 한가운데는 작은 오리나무들이 빽빽이 들어서 숲을 이루고 있었다. 우리는 그 작은 섬에 몸을 숨겼다. 사냥개들이 뛰어난 코를 갖고 있지 않는 한 우리를 찾기 어려울 터였다.

거기 머문 지 얼마 안 되었을 때 다리를 절뚝이는 노루 한 마리가 이끼 위에 붉은 자국을 남기며 다가왔다. 너무나 슬픈 광경에 나는 머리를 이파리 아래로 감췄다. 부상당한 노루가 열에 들떠 헐떡거리며 물을 마시는 소리가 들려왔다.

해가 졌다. 총소리가 멀어져 가더니 점점 뜸해졌다. 얼마 뒤 총소리가 멈췄다. 사냥이 끝난 것이다. 우리는 자고새 무리가 어떻게 되었는지 알아보려고 들판으로 천천히 돌아왔다.

숲의 작은 집 앞을 지나면서 나는 끔찍한 광경을 목격했다. 구덩이 옆에 적갈색 토끼들과 하얀 꼬리를 가진 회색 새끼 토끼들이 나란히 누워 있었다. 죽음으로 오므라든 작은 다리는 용서를 구하며 비는 것 같았고 감긴 눈에서는 눈물이 흐르는 것만 같았다. 그리고 붉은색 자고새들과 내 친구처럼 말굽 무늬를 갖고 있는 회색 자고새들, 나처럼 아직도 솜털이 나 있는 올해 태어난 새끼 자고새들도 쓰러져 있었다. 죽은 새보다 더 슬픈 존재가 어디 있겠는가? 날개는 아직도 건재한데! 차갑게 접혀 있는 날개들을 보자 몸이 부르르 떨렸다. 멋지고 침착한 큰 노루 한 마리가 쓰러져 있는 모습도 눈에 띄었다. 작은 분홍빛 혀가 무언가 핥으려는 듯 입 밖으로 삐져나와 있었다.

사냥꾼들은 그 도살 현장 위로 몸을 구부리고 있었다. 그들은 피 흘리는 다리, 찢어진 날개들을 세며 동물들을 망태기 안에 집어넣었다. 앞으로의 여정을 위해 묶어 둔 개들이 축 늘어진 입술을 찌푸렸다. 숲으로 다시 돌진할 기세였다.

오! 해가 기울고 그들 모두가 기진맥진해서 저녁 이슬로 축축한 오솔길과 흙덩어리 위에 자신들의 그림자를 길게 남기면서 떠나는 동안, 나는 그 인간들과 짐승들을 얼마나 저주하고 증오했던가! 날이 저물어 가던 그때 내 친구도 나도 잘 가라는 짧은 인사조차 던질 용기가 없었다.

우리는 가는 길에 불쌍한 작은 짐승들과 마주쳤다. 우연히 총에 맞아서 그대로 버려진 그들은 개미들의 밥이 되었다. 주둥이에 흙먼지가 가득한 들쥐들, 까치들, 날아가다가 즉사한 제비들이 발라당 쓰러져서 작고 빳빳한 발을 밤을 향해 뻗고 있었다.

금세 내려앉은 가을밤은 맑고 촉촉했다. 그러나 가장 서글픈 것은 숲과 목초지 기슭에서 그리고 저 멀리 강가의 버드나무 숲에서 들려오는 불안하고 구슬픈 울음 소리였다. 그 소리에 아무도 대답하지 않았다.

# 동시대인들을 향한 애정에서 비롯된
# 서정성과 따뜻한 사실주의

19세기 말에 활동한 작가 알퐁스 도데는 단편집 『풍차 방앗간 편지』와 『월요 이야기』로 오늘날에도 잘 알려져 있다. 우리나라에서 '꼬마 철학자'라는 제목으로 출간된 자전적 이야기 『쓸모없는 꼬마』가 앞서 언급된 두 단편집과 더불어 그의 걸작으로 꼽힌다. 단편 「별」과 「마지막 수업」은 알퐁스 도데의 작품 중 우리나라 독자들에게 가장 인지도가 높은데 「별」의 경우 국내에서 출간된 종수가 70종 이상 된다는 통계도 있다. 이로 인해 우리나라 독자들은 「별」에서 풍기는 서정적 분위기로 알퐁스 도데를 특징짓는 경향이 있다. 알퐁스 도데의 문학적 재능과 성향을 부당하게 한정하고 있는 것이다.

### 감성을 키워 준 목가적인 프로방스

알퐁스 도데의 작품들 중 상당수가 서정적인 것은 사실이다.

>>>

그 특유의 서정성은 도데의 고향에서 비롯되었다. 그는 기후가
온화하고, 전통적인 분위기에 둘러싸여 있는 프로방스 지방에서
성장했다. 프로방스의 소박한 집들은 자연 속에 조심스레 자리
하고 있으며 그 자연 또한 인위적인 손길을 받지 않아 꾸밈없고
여유롭다. 또한 프로방스는 수많은 고대의 유적을 비롯해 소중
한 전통문화가 오랜 세월 훼손되지 않고 전해 내려온 지방이다.
세월을 이겨 낸 그 유산들은 현대의 것들보다 더 잘났다고 외쳐
대지도 않고, 이제는 거의 자연의 일부가 된 듯 고요히 제자리를
지키고 있다. 역자는 지난여름 프로방스 지방을 여행하는 내내
그 매력에 사로잡혔고, 알퐁스 도데의 작품 속에 드러난 서정성
이 작가가 '만들어 낸' 것이 아닌 현실 그대로를 '사실적'으로 옮
긴 '진실'이라는 생각이 들었다. 물론 그 '진실'을 포착하여 깊이
있게 그리고 아름답게 재현해 낸 것은 순전히 알퐁스 도데의 재
능이라고 할 수 있다.

알퐁스 도데는 자신이 나고 자란 프로방스 지방을 몹시 사랑
했는데 그의 작품들 속에서도 그 애정이 확연히 드러난다. 특히
『풍차 방앗간 편지』에 수록된 단편들은 대부분 프로방스 지방을
배경으로 한다. 님므, 아를르, 타라스콩, 아비뇽, 에기에르…….
프로방스 지방 안에서 서로 이웃해 있으면서도 각자의 특징을

지니고 있는 매력적인 소도시들이다. 덕분에 프랑스 인들은 도데의 작품 속에 등장하는 이 도시들의 이름만으로 나른한 자연과 고즈넉한 언덕길, 평온한 마을 광장 등을 떠올릴 수 있다. 도데는 대도시가 몰고 온 무서운 변화 앞에서도 무심히 일상을 이어 나가는 프로방스 주민들을 몹시 사랑했다. 마지막 남은 풍차 방앗간 주인의 이야기 「코르니으 영감의 비밀」, 산속 깊숙한 곳에서 별을 헤는 양치기 소년의 사랑 이야기 「별」, 역사의 비극에 굴하지 않고 묵묵히 노를 젓는 상이군인의 이야기 「나룻배」 등은 모두 그 프로방스 주민들을 주인공으로 삼고 있다.

## 알퐁스 도데와 사실주의

알퐁스 도데는 본격적으로 작가의 길을 걷기 전에 기자로 일한 바 있다. 그래서 단편집 『풍차 방앗간 편지』는 그가 어린 시절을 보낸 프로방스 지방과 그곳의 주민들에게 받은 영감으로 가득 차 있는 동시에 이른바 '사실주의'의 면모를 보인다. 이러한 특징은 그가 즐겨 이용하는 판타지적 요소들이 담긴 작품들 속에서도 동일하게 드러난다. 당대의 세태를 다룬 작품도 마찬가지다. 알퐁스 도데가 사실주의의 정점에 서 있던 작가 귀스타브 플로베르(1821~1880)보다 고작 20년 늦게 태어난 동시대 작가인 점을 떠올리지 않을 수 없다. 아닌 게 아니라 알퐁스 도데

〉〉〉

는 플로베르를 실제로 만나 교류하기도 했다.

그런데 『풍차 방앗간 편지』에서 나타난 사실주의적 면모는 플로베르 식의 중립성에서 비롯되는 냉정함과는 사뭇 다르게 느껴진다. 알퐁스 도데의 사실주의적 재현은 독자의 마음에 연민과 감동을 불러일으키는데 이는 주인공들을 향한 작가의 사랑 때문이 아닐까 생각된다. 하나같이 냉혹한 현실을 그리고 있지만 작가의 따뜻한 시선이 개입되어 결국 가슴 뭉클한 이야기로 귀결되니 말이다. 다양한 직업과 다채로운 생활 양식을 보여 주는 알퐁스 도데의 주인공들은 프로방스의 전형적인 소시민들이다. 그들 특유의 부드러우면서도 성마른 성격은 독자들로 하여금 애잔한 미소를 짓게 한다. 『내 어머니의 성』(1957), 『마농의 샘』(1963) 등을 쓴 작가이자 영화 제작자이기도 한 마르셀 파뇰이 1954년에 『풍차 방앗간 편지』를 영화로 만든 것도 그런 점 때문일 것이다. 알퐁스 도데와 동갑내기였던 자연주의 작가 에밀 졸라(1840~1902)는 자신의 작품 『실험적인 소설』(1880)에서 "알퐁스 도데의 매력, 이 시대 우리 문학계에서 그를 그토록 높은 자리에 서게 한 심오한 매력은 그가 아주 사소한 문장에까지 부여하는 독특한 풍미에서 비롯된다. 특유의 아이러니컬한 민첩함과 애정 어린 부드러움 그리고 자기 자신을 작품 속에 온전히 담

148

아내지 않고는 그 어떤 사실도, 그 어떤 인물도 소개할 수가 없다."고 했다.

### 혜안의 관찰력과 그 결과물

알퐁스 도데는 자기 시대에 일어난 일들에 대해 매우 깊은 관심을 기울였다. 특히 불운한 동료 작가나 예술가들을 향한 마음 씀씀이가 남달랐다. 그는 당시 제대로 인정받지 못하던 인상파 화가들을 일찍이 알아보고 옹호했다. 오늘날 '인상주의 화가'라고 불리는 모네, 시슬리, 세잔느 등은 종래의 기법과는 달리 야외의 햇빛 아래서 강렬한 색깔과 사실주의적 묘사를 담은 그림들을 그렸다. 그러나 이들의 전위적인 화풍은 당시 화단의 권위를 상징하던 '살롱 드 파리' 전시회에서 거부당했고 비평가들로부터도 인정받지 못했다. 이런 상황은 에밀 졸라의 『작품』(1886)이란 소설 속에도 잘 묘사되어 있다. 알퐁스 도데와 함께 인상파 화가들과 밀접한 관계를 맺고 있던 졸라는 알퐁스 도데의 혜안을 지지했고, 당시 필력을 인정받았던 공쿠르 형제와 또 다른 단편 작가인 모파상도 알퐁스 도데와 함께 인상파 편에 섰다. 대중 또한 도데를 사랑하여 그를 프로방스의 다정한 예찬가이자 '프랑스의 찰스 디킨스'로 여겼다. 즉 그에게서 서정성과 사실주의적 성격을 동시에 발견한 것이다.

　다수의 단편소설이 연이어 성공을 거둔 뒤 알퐁스 도데는 시대의 생활상과 풍속을 그린 장편소설이나 희곡 창작에 매진했다. 다시 말해 그는 격변하는 시대의 변화들을 민감하게 감지하는 예리한 관찰자였던 것이다. 마침 그가 한창 나이이던 1871년 프랑스에서 매우 중요한 사건이 벌어진다. 그 유명한 '파리 코뮌'이었다. 당시 프랑스는 프로이센과의 전쟁에서 패배했다. 그 여파로 나폴레옹 3세의 제2제정이 몰락했고 임시로 국민 정부가 세워졌다. 국민 정부와 그에 맞서 봉기한 혁명파가 대립하며 벌어진 사건이 바로 파리 코뮌이었다. 이른바 '피의 일주일'이 이어졌고 임시 국민 정부, 즉 '코뮌' 쪽에서 많은 사상자가 발생했다. 이러한 동요가 시작될 무렵 알퐁스 도데는 파리를 떠나 '샹로제'로 향했다. 그는 이듬해 「아를르의 여인」을 발표하였고, 그다음 해인 1873년에 단편집 『월요 이야기』를 출간했다. 3부로 나뉜 이 단편집은 프랑스-프로이센 전쟁에 얽힌 사건들에서 영감을 얻은 이야기들로 구성되어 있다. 당시의 생활상에 대한 사실주의적 묘사가 돋보이는 이 단편집에는 작가가 독자들의 애국심을 고취시키기 위해 숨겨 놓은 요소들이 곳곳에 흩어져 있다. 프랑스 땅이던 알자스로렌 지방이 독일 땅이 돼 버린 것에 대한 슬픔을 그 어떤 웅변보다 호소력 있게 표현한 작품 「마지막 수업」은 이 단편집에서 가장 주목받았고, 알퐁스 도데의 이름을 보다 널리 알리는 데 한몫을 했다. 「당구」, 「소년 간첩」, 「나룻배」, 「마지막 책」, 「붉은 자고새의 놀람」 등이 이 단편집에 함께 실린 작품들이다. 이외에도 정치적 정황이 프랑스와 얽혀 있던 알제리나 누벨칼레도니 등 해외 지역과 관련된 단편들에서는 시대 정세에 대한 알퐁스 도데의 관심을 엿볼 수 있다. 그러나 우리나라 독자들에게는 다소 낯선 주제를 담고 있어서 본 번역서에는 싣지 않았다.

보물창고 편집진에서 보다 보편적인 주제의 작품들을 두 단편집에서 선별하여 모아 놓은 본 번역서에서는 앞에서 언급한 바처럼 프로방스와 전통적 가치들에 대한 알퐁스 도데의 한없는 애정과 조국 프랑스를 향한 염려를 느낄 수 있다. 독자들은 작품 속 소시민들에게 연민을 갖게 될 것이고 사실과 판타지를 오가는 이야기 속에서 작가가 전하고자 한 시대의 진실을 발견할 수 있을 것이다. 이미 널리 알려진 작가이지만 '제대로' 알려졌다고는 할 수 없는 알퐁스 도데의 단편들에 담긴 진실이 우리가 진정으로 얻고자 애써야 할 것들이 무엇인지 성찰케 하리라 기대한다.

−옮긴이 이효숙

# 《알퐁스 도데 연보》

**1840년 5월 13일** 프랑스 프로방스 지방의 님므에서 태어남.

**1845년** 가톨릭 수사들이 운영하는 초등학교에 입학.

**1849년** 아버지의 사업이 망하자 가족들과 리옹에 정착.

**1850년** 앙페르의 중학교에 입학.

**1857년** 알레스의 중학교에서 자습 감독과 복습을 맡는 교사가 됨. 11월 1일, 문단에 데뷔하기 위해 파리로 가서 둘째 형 에르네스트와 합류.

**1858년** 시집 『사랑에 빠진 여인들』 출간.

**1859년** 프로방스의 대표적인 시인 프레데릭 미스트랄을 만남. 〈르 피가로〉지를 통해 등단.

**1860년** 모르니 공작의 비서가 됨. 희곡 몇 편을 발표하고 다수의 글을 신문에 기고.

**1864년** 프로방스 지방의 작은 도시 퐁비에이으에 체류.

**1867년** 쥘리아 알라르와 결혼함. 맏아들 레옹이 태어남.

**1868년** 소설 『쓸모없는 꼬마』 출간. 샹로제에 체류.

**1869년** 단편집 『풍차 방앗간 편지』 출간.

**1872년** 소설 『타라스콩의 타르타랭』, 출간. 에밀 졸라, 귀스타브 플로베르, 미셸 투르게네프 등 당대를 대표하는 문인들과 교류.

1873년 단편집『월요 이야기』출간. 에드몽 드 공쿠르를 만남.

1874년 소설『프로몽과 리슬러』로 상업적 성공을 거둠.

1878년 둘째 아들 뤼시앵이 태어남.

1883년 소설『복음주의자』출간.

1884년 파리의 풍속을 그린 소설『사포』출간.

1885년 척수 매독에 걸려 건강이 매우 나빠짐. 소설『알프스 산맥에서의 타르타랭』출간.

1888년 자전적인 글『30년간의 파리생활』과『한 문인의 추억』, 『학술원 회원』출간.

1890년 소설『타라스콩 항구: 유명한 타르타랭의 마지막 모험들』(타르타랭 3부작의 마지막 편), 희곡『장애물』출간.

1891년 맏아들인 레옹 도데가 빅토르 위고의 손녀 잔느 위고와 결혼. 소설『작은 교구』출간.

1895년 레옹 도데와 잔느 위고 이혼. 마르셀 프루스트와 교류.

1897년 12월 16일 57세로 사망.

**알퐁스 도데** 1840년 5월 13일 프랑스 남동부에 위치한 아름다운 고장 님므에서 태어났다. 16세 때 아버지의 비단 제조 공장이 파산하자 학교를 중퇴하고 알레스 지역의 중학교 사환으로 일했다. 1857년 형을 따라 파리로 건너온 그는 문학에 대한 재능을 발견하고 1858년 시집 『사랑에 빠진 여인들』을 출간했다. 특유의 시적 서정성과 감수성으로 독특한 작품 세계를 이룩한 그는 1869년에 첫 단편집 『풍차 방앗간 편지』를 펴냈다. 프로방스의 아름다운 자연과 순박한 사람들을 서정적인 필치로 그려 낸 이 단편집에는 그의 대표작 「별」이 실려 있다. 또한 동시대의 정세에도 관심이 많았던 도데는 1873년 발표한 두 번째 단편집 『월요 이야기』에서 전쟁으로 혼란스러웠던 당대의 사회상을 다루었다. 그중 「마지막 수업」은 전쟁으로 시름하던 프랑스 독자들의 애국심을 불러일으키며 큰 화제가 되었다. 그는 아내 쥘리와 함께 행복한 여생을 보내다 1897년 12월 16일, 57세의 나이로 생을 마감했다.

**이효숙** 연세대학교 불어불문학과를 졸업했다. 프랑스 파리-소르본 대학에서 프랑스문학으로 석사, 박사학위를 받았으며 번역문학가로 활동 중이다. 옮긴 책으로 『80일간의 세계일주』, 『자디그, 또는 운명』, 『어린 왕자』, 『이방인』, 『별 마지막 수업』 등이 있다.

**클래식 보물창고**에는
오랜 세월의 침식을 견뎌 낸
위대한 세계 문학 고전들이 총망라되어 있습니다.
세대와 시대를 초월하여 평생을 동반할 '내 인생의 책'을
〈클래식 보물창고〉에서 만나 보세요.

## 1. 이상한 나라의 앨리스 루이스 캐럴 지음 | 황윤영 옮김

특유의 유쾌한 상상력과 말놀이, 시적인 묘사와 개성적인 캐릭터, 재치 넘치는 패러디와 날카로운 사회 풍자로 아동·청소년문학사와 영문학사에 큰 획을 그은 루이스 캐럴의 환상동화.
★BBC 선정 영국인 애독서 100선  ★학교도서관사서협의회 추천도서

## 2. 키다리 아저씨 진 웹스터 지음 | 원지인 옮김

서간문이라는 독특한 형식과 소녀적 감성이 결합된 성장기이자 로맨스 소설! 20세기 초 사회의 모순을 고발하고 개혁을 주장했던 진보적인 사상은 페미니즘 문학으로서의 의미를 더한다.
★학교도서관사서협의회 추천도서

## 3. 보물섬 로버트 루이스 스티븐슨 지음 | 민예령 옮김

인간이 가진 절대적인 선과 악을 그린 세계 최초의 해양 모험 소설. 영국 빅토리아 시대의 흥미진진한 꿈과 낭만을 대변하는 동시에 선악의 경계를 아슬아슬하게 줄타기하는 인간의 욕망을 고찰한다.
★BBC 선정 영국인 애독서 100선  ★미국대학위원회 SAT 권장도서

## 4. 노인과 바다 어니스트 헤밍웨이 지음 | 민예령 옮김

헤밍웨이 문학의 총결산이자 미국 현대문학의 중추로 일컬어지는 걸작. 생애의 모든 역경을 불굴의 투지로 부딪혀 이겨 내는 인간의 모습을 하드보일드한 서사 기법과 절제미가 돋보이는 문체로 형상화했다.
★노벨 문학상 수상작가  ★퓰리처상 수상작  ★노벨연구소 선정 세계문학 100선
★대학수학능력시험 출제 작품

## 5. 하늘과 바람과 별과 시 윤동주 지음 | 신형건 엮음

우리나라 사람들이 가장 많이 애송하는 '민족 시인' 윤동주의 문학 세계를 엿볼 수 있는 시와 산문을 한데 모았다. 시대의 아픔을 성찰하며 정면으로 돌파하려 한 저항 정신은 물론이고 인간 윤동주의 맨얼굴을 만날 수 있다.
★연세대 필독도서 200선

## 6. 봄봄 동백꽃 김유정 지음

어려운 현실을 풍자와 해학으로 극복한 한국 근대 소설의 정수, 김유정의 대표작을 모았다. 원전을 충실하게 살려 아름다운 우리말을 풍요롭게 담고, 토속적 어휘는 풀이말을 달아 이해를 도왔다.

## 7. 거울 나라의 앨리스 루이스 캐럴 지음 | 황윤영 옮김

『이상한 나라의 앨리스』보다 한층 탄탄해진 구성과 논리적인 비유를 통해 보다 깊고 넓어진 재미와 감동을 선사하는 후속작. 현실 속의 정상과 비정상, 논리와 비논리, 의미와 무의미의 경계를 고찰한다.
★BBC 선정 영국인 애독서 100선  ★명사 101명이 추천한 파워클래식  ★학교도서관사서협의회 추천도서

## 8. 변신 프란츠 카프카 지음 | 이옥용 옮김

현대인의 고독과 불안을 그림으로써 실존주의 문학의 발전에 커다란 영향을 끼치며 20세기 문학계에서 가장 난해한 '문제 작가'로 꼽히는 프란츠 카프카의 대표작을 모았다. 원전에 충실한 번역으로 특유의 문체가 지닌 묘미를 만끽할 수 있다.
★서울대 권장도서 100선  ★연세대 필독도서 200선  ★미국대학위원회 SAT 권장도서

### 9. 오즈의 마법사 L. 프랭크 바움 지음 | 최지현 옮김

영화, 뮤지컬, 온라인 게임 등 다양한 장르로 재생산되어 지구촌 대중문화를 견인함으로써 문화 콘텐츠가 가지는 파급력의 정도를 생생하게 보여 주는 세기의 고전. 짜릿한 모험담 속에 담긴 치유의 기운이 마법 같은 순간을 선물한다.

★학교도서관사서협의회 추천도서

### 10. 위대한 개츠비 F. 스콧 피츠제럴드 지음 | 민예령 옮김

미국 현대 문학의 거장으로 꼽히는 F. 스콧 피츠제럴드의 대표작. 미국에서만 한 해 30만 부 이상 팔리는 스테디셀러로, 재즈 시대를 살았던 젊은이들의 욕망과 물질문명의 싸늘한 이면을 담아 낸 명실공히 미국 현대 문학의 최고작.

★〈타임〉지 선정 100대 영문 소설   ★미국대학위원회 SAT 권장도서
★〈뉴스위크〉지 선정 100대 명저   ★BBC 선정 꼭 읽어야 할 책

### 11. 오 헨리 단편선 오 헨리 지음 | 전하림 옮김

평범한 소시민의 일상과 삶의 애환을 따뜻한 시선으로 그린 오 헨리 문학의 정수로 손꼽히는 작품을 모았다. 인도주의적 가치관 위에 부조된 작가적 개성의 특출함을 만끽할 수 있다.

### 12. 셜록 홈즈 걸작선 아서 코난 도일 지음 | 민예령 옮김

세기의 캐릭터와 함께 펼치는 짜릿한 두뇌 게임. 치밀한 구성과 개연성 있는 전개, 호기심을 자극하는 독특한 설정이 포진되어 있음은 물론, 추리의 과정부터 카타르시스가 느껴지는 결말이 펼쳐져 있는 매력적인 소설.

### 13. 소공자 프랜시스 호즈슨 버넷 지음 | 원지인 옮김

사랑의 입자를 뭉쳐 만들어 놓은 것 같은 캐릭터를 통해 사랑의 선순환을 형상화한 소설. 순수한 직관과 무한한 잠재력을 지닌 동심의 세계를 느낄 수 있다.

### 14. 왕자와 거지 마크 트웨인 지음 | 황윤영 옮김

대중성과 작품성을 겸비해 '미국 현대 문학의 아버지'로 평가받는 마크 트웨인의 대표작으로 '뒤바뀐 신분'이라는 숱한 드라마의 원조 격인 소설. 부조리하고 불합리한 사회상에 대한 날카로운 비판과 통쾌한 풍자 속에 역사적 지식과 상상력을 담아 냈다.

### 15. 데미안 헤르만 헤세 지음 | 이옥용 옮김

자신의 내면세계를 향해 고집스럽게 걸음을 옮긴 주인공 싱클레어의 성장을 그린 영원한 청춘의 성서. 철학, 종교, 인간을 끊임없이 탐구했던 작가의 깊이 있는 시선과 인간 내면의 양면성에 대한 치밀한 묘사가 시선을 사로잡는다.

★노벨 문학상 수상작가

### 16. 말괄량이와 철학자들 F. 스콧 피츠제럴드 지음 | 김율희 옮김

재즈 시대의 자유분방한 젊은이들의 풍속도를 그린 F. 스콧 피츠제럴드의 소설집. 1920년대 고동치는 젊은이의 맥박을 생생하게 전달했다는 평가를 받는 작품들을 모았다.

### 17. 벤자민 버튼의 시간은 거꾸로 간다 F. 스콧 피츠제럴드 지음 | 김율희 옮김

70세의 노인으로 태어나 결국 태아 상태가 되어 삶을 마감하는 벤자민 버튼의 일생을 그린 환상소설을 비롯해 『위대한 개츠비』의 전신이라고 할 수 있는 F. 스콧 피츠제럴드의 작품들을 모았다. 실험적이고 혁신적인 화법으로 생생하게 형상화한 재즈 시대를 만끽할 수 있다.

## 18. 이방인  알베르 카뮈 지음 | 이효숙 옮김

출간과 동시에 하나의 사회적 사건으로까지 이야기된 알베르 카뮈의 대표작. 부조리하고 기계적인 시스템 속에서 인간이 부딪치게 되는 절망적 상황을 짧고 거친 문장 속에 상징적으로 담아낸, 작품 자체가 '이방인'인 소설.
★노벨 문학상 수상작가  ★노벨연구소 선정 세계문학 100선  ★미국대학위원회 SAT 권장도서

## 19. 크리스마스 캐럴  찰스 디킨스 지음 | 김율희 옮김

영국의 대문호 찰스 디킨스의 작가 정신과 개성이 고스란히 담긴 대표작. 19세기 영국 사회의 구조적 모순과 인간성 회복을 그린 영원한 고전이자 크리스마스의 상징이 되어 버린 소설.
★BBC 선정 영국인 애독서 100선  ★학교도서관사서협의회 추천도서

## 20. 이솝 우화  이솝 지음 | 민예령 옮김

2500년 동안 이어져 온 삶의 지혜와 철학을 담은 인생 지침서이자 최고(最古)의 고전! 오랜 세월 인류가 축적해 온 지식과 철학이 함축되어 있으며 남녀노소 누구나 읽을 수 있는 인류의 고전이라 할 수 있다.

## 21. 수레바퀴 아래서  헤르만 헤세 지음 | 함미라 옮김

작가의 자전적 경험이 녹아들어 있는 헤르만 헤세의 대표적인 성장소설. 총명한 한 소년이 개인의 자유와 개성을 억압하는 딱딱한 교육 제도와 권위적인 기성 사회의 벽에 부딪혀 비극으로 치닫는 이야기를 섬세하게 그리고 있다.
★노벨 문학상 수상작가  ★서울대 선정 고전 200선  ★국립중앙도서관 청소년 권장도서

## 22. 너새니얼 호손 단편선  너새니얼 호손 지음 | 한지윤 옮김

『주홍 글자』로 유명한 호손은 에드거 앨런 포, 허먼 멜빌과 더불어 미국 낭만주의 문학의 3대 거장으로 꼽힌다. 이 책은 45년간 우리나라 교과서에 실리기도 했던 「큰 바위 얼굴」을 비롯해 호손 문학의 대표 단편소설 11편을 실었다.

## 23. 에드거 앨런 포 단편선  에드거 앨런 포 지음 | 황윤영 옮김

「검은 고양이」, 「모르그 거리의 살인 사건」 등으로 유명한 에드거 앨런 포는 미국 낭만주의 문학의 거장이자 단편문학의 시조이며 추리 소설의 창시자이기도 하다. 기괴하고 환상적인 소재를 통해 인간 내면의 광기와 복잡한 심리를 치밀하게 형상화했다.
★미국대학위원회 SAT 권장도서  ★노벨연구소 선정 세계문학 100선

## 24. 필경사 바틀비  허먼 멜빌 지음 | 한지윤 옮김

장편소설 『모비 딕』의 작가 허먼 멜빌은 에드거 앨런 포, 너새니얼 호손과 함께 미국 낭만주의 문학의 3대 거장으로 꼽힌다. 정체불명의 필경사 바틀비의 '선호하지 않는' 태도와 철학은 갑갑한 현실 속에서 우리에게 깊은 공감과 위로를 이끌어 낸다.
★미국대학위원회 SAT 권장도서

## 25. 1984  조지 오웰 지음 | 전하림 옮김

『멋진 신세계』, 『우리들』과 더불어 세계 3대 디스토피아 소설로 불리는 걸작으로, 가공의 국가 오세아니아의 전체주의 지배하에서 인간의 존엄을 지키고자 했던 한 인물이 파멸되어 가는 과정을 그렸다. 오늘날에도 여전히 유효한 이 작품 속 경고는 시간이 지날수록 그 힘이 더욱 강력해지고 있다.
★〈뉴스위크〉지 선정 세계 100대 명저  ★〈타임〉지 선정 '20세기 최고의 책 100선'
★노벨연구소 선정 세계문학 100선  ★〈모던 라이브러리〉 선정 '20세기 100대 영문학'

## 26. 걸리버 여행기  조너선 스위프트 지음 | 김율희 옮김

풍자 문학의 거장 조너선 스위프트의 『걸리버 여행기』는 결코 온순하지 않다. 이 작품의 원문은 18세기 영국의 정치와 사회뿐만 아니라 인간의 본성을 신랄하게 풍자하고 있기 때문이다. 이 무삭제 완역본에는 스위프트가 고찰한 인간과 사회를 관통하는 통렬한 아이러니가 고스란히 담겨 있다.

★서울대 선정 고전 200선  ★미국대학위원회 SAT 권장도서
★〈뉴스위크〉지 선정 100대 명저  ★노벨연구소 선정 세계문학 100선

## 27. 헤르만 헤세 환상동화집  헤르만 헤세 지음 | 이옥용 옮김

헤세의 대표적인 동화 16편이 실린 작품집으로, 자기 발견과 자아실현을 위한 갈등과 모색을 독창적이면서도 환상적으로 표현했다. 또한 난쟁이, 마법사, 시인 등 신비로운 인물들과 천일야화, 중국과 인도의 민담, 신화 등 초자연적이면서도 경이로운 이야기들이 다채롭게 펼쳐진다.

★노벨 문학상 수상작가

## 28. 별 마지막 수업  알퐁스 도데 지음 | 이효숙 옮김

특유의 시적 서정성과 감수성으로 19세기 말 프랑스의 정취를 그려 낸 작가 알퐁스 도데의 단편소설을 모았다. 그의 대표작 『별』부터 전쟁의 비극을 감동적으로 풀어 낸 「마지막 수업」까지 알퐁스 도데의 진면목을 만끽할 수 있는 작품 15편이 들어 있다.

## 29. 피터 팬  제임스 매튜 배리 지음 | 원지인 옮김

연극, 뮤지컬, 영화 등으로 재탄생되며 100년이 넘는 세월 동안 전 세계 사람들의 사랑을 받아온 '영원히 늙지 않는 고전! 어른이 되지 않는 '피터 팬'과 어른이 없는 나라 '네버랜드'를 탄생시킴과 동시에 '피터 팬 신드롬'이라는 말을 낳으며 동심의 상징이 되었다.

## 30. 제인 에어  샬럿 브론테 지음 | 한지윤 옮김

『폭풍의 언덕』과 함께 '브론테 자매'의 걸작으로 손꼽히는 샬럿 브론테의 대표작으로, 어린 나이에 홀로 고난과 역경을 이겨 내고 오로지 '열정'으로 나이와 신분을 뛰어 넘어 사랑을 쟁취하는 여성, 제인 에어의 삶과 사랑을 자서전 형식으로 그려 냈다.

★미국대학위원회 SAT 권장도서  ★BBC 선정 영국인 애독서 100선  ★연세대 필독도서 200선

## 31. 폭풍의 언덕  에밀리 브론테 지음 | 황윤영 옮김

에밀리 브론테가 남긴 유일한 소설로, 주인공의 광기 어린 사랑과 복수를 통해 인간 내면의 세계와 본질을 그려 냄으로써 오늘날 세계 10대 소설, 영문학 3대 비극으로 꼽히며 세계 문학사의 걸작으로 남은 작품이다.

★미국대학위원회 SAT 권장도서  ★〈옵저버〉지 선정 '가장 위대한 소설 100'

## 32. 젊은 베르테르의 슬픔  요한 볼프강 폰 괴테 지음 | 함미라 옮김

독일 문학사를 일거에 드높였다는 평을 받는 세계적인 문호 요한 볼프강 폰 괴테가 젊은 시절의 체험을 바탕으로 써 내려간 자전적 소설. 찬란하지만 위태로운 젊음의 이면성을 격정적인 한 젊은이를 통해 그려 냈다.

★피터 박스올 〈죽기 전에 읽어야 할 1001권의 책〉 선정도서

## 33. 바스커빌가의 개  아서 코난 도일 지음 | 한지윤 옮김

〈셜록 홈즈〉 시리즈 사상 최악의 적수와 벌이는 사투가 팽팽한 긴장감을 자아내며 책을 덮는 순간까지 숨 쉬는 것도 잊게 만들 정도로 독자들을 사로잡는다. 독자들과 평론가 양쪽 모두에게 그 어떤 작품보다도 뛰어나다는 평가를 받아 온 아서 코난 도일의 대표작.

## 34. 헤르만 헤세 시집 헤르만 헤세 지음 | 이옥용 옮김
소설 『수레바퀴 아래서』와 『데미안』, 『유리알 유희』 등으로 꾸준한 사랑받고 있는 독일 문학의 거장 헤르만 헤세의 대표 시 105편을 묶었다. 통일과 조화를 꿈꾸며 화합하는 삶을 살고자 한 헤세의 고뇌를 엿볼 수 있다.
★노벨 문학상 수상 작가

## 35. 인간 실격 다자이 오사무 지음 | 김아영 옮김
'내면적 진실의 정신적 자서전'이자 '문학 형태의 유서'이며, 자화상'이라고 평가받는 다자이 오사무의 대표작으로, 인간에 대한 불신과 그로 인한 소외감과 죄악감으로 몸부림치다 세상에서 연약하게 무너질 수밖에 없었던 한 사람의 고백서이다.
★〈뉴욕 타임스〉지 선정 일본문학

## 36. 월든 헨리 데이비드 소로 지음 | 김율희 옮김
인간과 자연에는 신성이 내재되어 있다고 보고 정신적 삶을 지향했던 미국 초월주의 사상가 소로의 정수가 담긴 『월든』은 지나친 물질주의 속에서 거칠고 가난해진 정신을 지닌 현대인들에게 삶을 자유롭고 충만하게 사는 방법을 깨우쳐 준다.
★미국대학위원회 SAT 권장도서

## 37. 싯다르타 헤르만 헤세 지음 | 이옥용 옮김
불교의 교리를 창시한 석가모니와 같은 시대를 살았던 브라만 계층의 청년 싯다르타의 자아실현 과정을 담은 성장소설이다. 제1차 세계 대전 이후 전쟁의 상처를 어루만진 헤르만 헤세만의 동양 사상은 오늘날까지 주체적이고 실존적인 길을 제시한다.
★노벨 문학상 수상 작가

## 38. 호두까기 인형 E.T.A 호프만 지음 | 함미라 옮김
카프카와 함께 '환상적 사실주의'의 대표적인 작가이자 독일 낭만주의 사조에서 중요한 위치를 차지하는 호프만의 동화소설로, 꿈과 환상의 세계를 평범한 일상과 뒤섞어 놓은 독특한 서술 기법은 그로테스크한 긴장감과 함께 마술적인 시공간으로 독자들을 인도한다.

## 39. 정글 북 러디어드 키플링 지음 | 원지인 옮김
영어권 문학의 최초이자 최연소 노벨 문학상 수상 작가 러디어드 키플링의 대표작이다. 독창적인 상상력과 이야기를 다루는 키플링의 탁월한 재능은 인간 사회보다 더 인간미 넘치는 정글의 세계를 그려냄으로써 고전으로 자리매김했다.
★노벨 문학상 수상 작가

## 40. 마음 나쓰메 소세키 지음 | 장현주 옮김
일본의 국민 작가 소세키가 말년에 쓴 대표작으로, 일본 내에서만 1,000만 부 이상 판매될 만큼 뛰어난 작품성을 인정받았다. 100년 전에 쓰였음에도 불구하고 인간 본성에 대한 통렬한 진실은 시대를 초월한 독창성과 함께 지금을 살아가는 우리의 고뇌를 비추며 보편성을 얻고 있다.
★서울대 권장도서 100선

## 41. 타임머신 허버트 조지 웰스 지음 | 황윤영 옮김
'SF의 창시자' 허버트 조지 웰스의 대표 작품이자 물리적인 방법을 이용해 시간을 여행하는 '타임머신'의 개념을 최초로 도입한 SF이다. 80만 년 뒤 인류의 모습을 그리며 미래에 대해 본능적으로 호기심과 두려움을 가지는 인간의 근원적인 욕망을 충족시킨다.
★피터 박스올 〈죽기 전에 읽어야 할 1001권의 책〉 선정도서

*'클래식 보물창고'는 끝없이 이어집니다.